時兆文化

小黑四部曲

踏出你的第一步，小黑！

一隻覺得明天會比今天更好的小狗
一隻常常鼓勵自己的小狗
一隻念舊的小狗
一隻喜歡有伴的小狗

目次》

Just do it!

歡迎大家來小黑的世界給個討勵，一起找答案去！

姜怡如
台灣防止虐待動物協會執行長

　　在一名收容所前線獸醫師隕落後，我們除了傷感、憤怒之外，是否能立即執行具有建設性的措施，在零安樂死的期限來臨之際，全面預防下一個悲劇再次發生？

　　「無配套的零安樂死政策」將會壓垮每一個在最前線的基層人員，並且造成公立收容所及私人狗場爆滿，讓狗兒從一個煉獄掉到另一個深淵。台灣防止虐待動物協會（Taiwan SPCA）的呼籲如下：

入所量必須立即降低，實施精確捕捉

　　就SPCA所知，目前大部分的收容所為「民眾通報才捕捉」。許多民眾僅因為不喜歡貓狗，便不斷通報捕犬隊。捕犬人員不能

拒絕，於是一窩窩的小狗，甚至是已經結紮過、性格溫和的成犬，都進入了收容所內等死。

SPCA呼籲地方政府要立即實施「精確捕捉」，僅捕捉具有攻擊性、有侵害人類安全之虞的犬隻，而非不分對象地捕捉。以台北市為例，103年捕捉問題犬隻1671隻，實施精確捕捉後，104年降到992隻，105年至4月底，更大量降低至19隻！可見政府只要願意實施精確捕捉，配合當地動保團體「TNVR」概念（Trap捕捉、Neuter結紮、Return原地回置、Vaccinate接種疫苗）管理流浪犬，入所量可以大大減少90%以上！

收容所有收容上限，拒絕超收，人力須增派

根據《動物收容處所設置組織準則》，收容所應提供每隻動物「五平方公尺」的空間，但因為入所量爆滿，導致原本只能給一隻動物住的籠舍，卻變成多隻狗一起住，造成狗咬狗，甚至狗吃狗的狀況。SPCA呼籲地方政府一定要堅守每個籠舍能夠收容犬隻的數目上限，以降低入所量為目標，徹底執行TNVR跟精確捕捉，這樣才能根本解決收容所內的問題，給基層人員好的工作環

境，也給動物合適的生活空間！此外，依規定每100隻動物需配置1個獸醫師，每40隻動物需配置1個工作人員。台灣非常多的收容所都沒有遵守此規範，呼籲地方政府首長正視此問題，提撥人力及經費給予各個收容所。

政府必須積極取締飼主未替寵物「植入晶片」及「絕育」案件

　　養寵物必須植入晶片及絕育，這是飼主的義務。動保法19條及22條分別規範飼主必須替寵物植入晶片以及絕育，若有繁殖需求則應向地方政府申報。未植入晶片做寵物登記者可罰3000元以上15000元以下；未絕育且沒有申報者，可罰50000元以上250000元以下。立法至今，政府真正開罰的案件卻少之又少，無數未結紮、未植晶片的放養犬在街頭不斷繁殖，造成民怨及通報。若政府不下定決心針對不負責任的飼主積極處理，流浪犬的源頭將無法獲得控制，飼主責任也無法建立！地方政府的首長及動保主管，更應該支持稽查人員取締不良飼主，不該害怕違法在先的不良飼主投訴。

棄養取締必須嚴格徹底執行

　　依動保法，棄養寵物者可罰30000元以上150000元以下。每年棄養寵物的不良飼主非常多，真正被抓到且開罰的卻極少！而絕大多數被棄養的寵物根本沒有晶片，因此完全無法查到原主人是誰。因此政府必須嚴格執行飼主替寵物植入晶片的政策，才能確實掌控每隻狗的流向，並且要大力查緝棄養案件，而不是被龐大的棄犬數字追著跑，甚至將這些棄犬都關進收容所，無限惡性循環下去。

　　民眾可以將寵物送到收容所辦理「不擬續養」，各縣市也紛紛制定1000-3000元不等的金額，規定飼主需繳交手續費。SPCA認為「不擬續養」的費用應提高，讓飼主在將寵物送交收容所前能多考慮，考慮媒合幫動物找新家。同時，一定要搭配晶片寵物登記落實，才不會讓飼主選擇違法棄養！以台北市為例，飼主若不擬續養寵物，必須先將動物資料上網公告，經過15天的媒合期，若無人願意接手，才能將寵物送到收容所，並繳交2400元手續費。這將可以減緩動物入所的速度，提供動物新的機會！

請給第一線基層人員信心與勇氣

　　收容所的空間有限，當收容的數字超量，基層人員不僅得面對動物互咬、打架、傳染病，還得繼續捕捉民眾通報的流浪犬，以及接下民眾自行送交的寵物。當他們不得已必須進行安樂死時，卻又要遭受排山倒海的批評。因此，地方政府首長及主管必須成為基層人員強而有力的後盾，在動保稽查人員欲對違法案件開罰時，切勿為了害怕民怨而壓下案件；在實施精確捕捉時，給予捕犬人員明確的捕捉原則，而非有民眾通報就濫捕；在零安樂死到來之際，切勿為了政績而強求基層人員交出「0」安樂死的數字，讓他們背負沈重的數字壓力，罔顧收容所內一隻又一隻，活生生、正在受苦的生命！面對人力、資源不足的基層人員，地方政府首長及動保機關主管，除了應該撥經費給人力，更應鼓勵開放志工進入收容所，制定志工訓練課程、制度，彌補人力的不足。

　　SPCA在此呼籲大眾，零安樂死政策絕對不是讓大家把狗丟進收容所的藉口！你的狗進入收容所將會面對無限的苦痛，甚至直接因傳染病而死。面對現有的流浪動物，我們應學習與其共處、

尊重生命，當牠們結紮後，就不會繁殖了，請讓這些動物有終老的生存權，而對於想要飼養寵物的人，更可以直接到收容所「以領養代替購買」，幫助牠們，減少超量收容的問題！

李韋蓉

康健雜誌名家觀點專欄作家

國立陽明大學心理師

杏語心靈診所資深治療師

著作

《我們的愛情，病了：那些在愛裡，不能記得的事》

每一步的堅持，都決定了一個人靈魂的重量，

沒有例外的話，

人的存在只會重覆著三種狀況；

不是深陷危機、就是剛脫離危機，或是正走向危機，

危機就像朋友一樣，早已經屬於生命的一部分。

因為有了那些無法跨過的艱難，

所以才得以讓人生每一次的旅程，得以巨大。

原來，

對於熱情的衡量，

決定在你願意為了突破所付出的代價，

原來，

我們終究還是能夠成為一個，

不會讓自己失望的人。

楊立行
國立政治大學心理學系暨心理學研究所教授

楊立行

在人生這條路上，每個人多多少少總有機會遇到障礙，就像是田徑賽中的跨欄一樣，總得要跳過，才能繼續往前衝。不過，這橫阻在前的障礙，往往讓人害怕；尤其想到其他人都跳得過，要是自己做不到很丟臉怎麼辦？然而，理智催促著情緒的躊躇，如果不跨出這第一步，我們永遠不可能跳得過。

哎，這一步真難啊！

但，只要跨過了，就表示成功突破了這道障礙，邁向下一個新的人生目標。這是何等欣喜的事！我們從來只會在成功突破的人臉上，看到滿足的笑容，卻忘了在突破之前，他／她曾經遭遇過的困頓。

家賓在這本新書裡不只與成功者一同分享喜悅，更重要的

是，陪伴那些仍在困頓中的朋友。這本書如同前面幾集，同樣由家賓喜愛的動物角度切入，但談的正是人生的「突破」。

　　就像兩隻鳥兄弟在學飛，鳥弟弟沒法像鳥哥哥一樣振翅飛上枝頭，摔落在地；在人生路途中，每個人總有這種「雖小」的時候，不光是自己難過，旁邊的至親好友也跟著擔心。雖然屋漏偏逢連夜雨，但知道有人會一直在自己身旁鼓勵自己、相信自己時，這雨也就不那麼惱人了，不是嗎？家賓的新書，陪伴著受困的朋友，供給相信的力量，藉著小動物的故事療癒我們猶待突破的心。

王曉琪
勤業眾信聯合會計師事務所執業會計師

王曉琪

　　看到家賓這集主題為「突破」的小黑時，雖然家賓是用比較輕鬆詼諧的方式講出這個主題，也讓我想到當年在美國會計師事務所擔任經理的那段日子。那時事務所有個不明文規定，如果想升上合夥人，就得有訓練授課的經驗，當一個星期的講師。

　　當然在上課之前會接受為期兩天教導如何使課程進行更順利、更專業的訓練課程，但那時我記得內心也是有猶豫的！畢竟要用專業英文教授台下全是以母語為英語的美國人，這是我之前從來沒有過的經驗，所以這項專業課程的確也讓我內心交戰了一陣子……不過，後來我還是去授課，而且也成功順利把它完成了。

　　我想人難免都會這樣吧！對於自己沒做過的事，如果一直專注在困難的部分，的確會使人卻步！但其實這時候只要相信自己可以做得到，加上充分的準備，大部分的事情相信還是可以順利完成的！在這完成的過程中，「自信」和「努力」是不可或缺的，所以踏出第一步最重要！

　　一直到今天，因工作關係，雖然偶爾三不五時，我還是需要上台報告，當然上台前多少還會有「腸胃糾結」的情況，不過糾結的強度和程度相較起來，已和當年的我減少很多。我想這也是人「突破」以求自我成長的一部分，與各位分享共勉！

推薦序》

葉秀敏
真理文化傳播基金會董事

從想像啟發到印象的建立與情感的融合

　　小孩的幼童階段最喜歡聽講故事了，因為可以從大人的口語中學到語言，同時也啟發想像力思考與行動的決定。

　　作者從生活環境中的點滴，來引導啟示思考模式導入情緒的管理與價值觀的選擇，帶動親子共享的境界。

　　約在六十年前，我正在幼童階段，當時沒有收音機，只能從我祖母口中聽說「民間流傳故事」，因為她不識字，所能說的故事都是從在台下看歌仔戲所聽到的。每天睡覺前躺在祖母身邊，最好的聽故事時間就在此時，一定要求祖母說故事，我邊聽而進入想像與睡覺。至今已快六十年了，我還能清楚的記得她所重複一直說的兩個故事：蛇郎君的故事、虎姑婆的故事，而當時的我

也百聽不厭，現在我也能完整的再說給我的小孫女聽。

　　所以在幼童階段的置入思考真是有影響一輩子的作用。但願此書所帶出的想像思考與教育，能祝福到您全家與周圍的朋友，都進入正面幸福的成長。

孔慶俠
臺北市立瑠公國民中學導師

「品格」是「思考」與「實踐」出來的

　　孩子總是充滿了好奇心。他們在不斷探索週遭人、事、物的過程與回饋中，逐漸形成自己的世界觀；而這世界觀會對他們的人生有很大的影響。《聖經》說：「教養孩童，使他走當行的道，就是到老他也不偏離。」（**箴言 22:6**）我認為使他走當行的道，就是在孩子探索世界的時候，父母、師長需要陪伴他們，並且給予正確與適當的引導。在引導孩子這方面，我覺得家賓的作品是非常好的一個參考範例。首先，她的書中沒有說教式的老生常談，有的是一篇篇的生活故事。孩子們最喜歡聽故事了（**大人又何嘗不是呢？**），尤其是以狗兒為主角的故事。其次，這些故事並不是天馬行空的奇幻事件，而是真的會發生在日常生活中的

事情。每篇故事都是主角小黑觀察、提問、思考、驗證的心路歷程，筆調又很能貼近孩子的心思，因此本書對於幫助孩子建立思辨能力和同理心會很有果效的。我個人觀察目前社會上人與人之間的紛亂與衝突，覺得似乎都與當事人欠缺思辨能力和同理心有很大的相關性；我相信下一代是否充分具備這些能力，攸關我們大家未來共同生活的品質。

這本書需要慢慢品味、細細思量。我覺得對於比較年幼的孩子，這些故事適合由父母唸給孩子聽，並且邊唸邊聽孩子的想法。即使孩子的想法不成熟，父母也不必急著「教」他正確觀念，而可以用提問帶領他反思與再表達。透過這樣的歷程，孩子的思考與表達能力一定愈來愈好，親子之間也愈能溝通無礙，培養出良好的默契。而且這個共讀過程也將會是親子間最美好的回憶之一。

孩子成長的歷程一定會遇到困惑、衝突或打擊，當下父母難免心疼孩子，但明智的父母應該不會代替孩子處理他的問題，而是陪伴他、支持他，給予必要的資源，引導孩子自己面對問題、解決問題。我認為如果孩子自幼父母就以身教讓孩子看到自己如

何實踐出自己的信念與價值，並以「適合的言教」——例如上述和孩子的共讀與討論，而非單方向說教，必定能深化與內化這些信念與價值，成為孩子真正的品格。因此，家賓的作品在品格教育上也是一項很好的資源。

家賓能夠寫出這樣貼近孩子的作品，並且筆耕不輟（**本書已經是小黑四部曲之第四了！**），我想她的內在一定是純真而熱情的。她讓我想起了孟子所說的：「大人者，不失其赤子之心者也。」耶穌也曾說：「讓小孩子到我這裡來，不要禁止他們；因為在天國的，正是這樣的人。」（**馬太福音19:14**）天國雖在未來，但只要我們像小孩子一樣真心相信，真心去愛，好好地過生命的每一分、每一秒，那麼天國也在現在。能夠為這樣的作者與這樣的書作序，我感到無比榮幸！

馮家賓

突破你的怯懦與瓶頸

　　人活著的時候，或多或少總是會遇到一些好事、快樂的事、運氣好的事；當然也會遇到運氣不好的時候，或甚至生死交關、難以處理、棘手的情況。所以小黑系列寫到這裡，除了每集裡面都會出現幾篇輕鬆、詼諧、有趣的文章之外，每集裡面的主題：從陪伴、快樂、勇敢、突破，就像我們人生在每個階段有不同的遭遇、不同的挑戰、不同的體悟。當然每個人遇到事情的先後順序、內容不盡相同，每個人的反應也會不一樣，但這就是人生。

　　人如果沒有遭遇過挫折或者是各式各樣的難關，你實在很難知道你可以做到哪裡？你的極限又是哪裡？這一回，你以為你大概就只能這樣子了！可是沒想到等事情過了以後，你發現你又成

長了！因為你竟然可以面對之前覺得恐懼、害怕、不知所措、難以處理的問題，並且渡過它、撐過它，這就是突破！

突破你自己的極限、突破你的困境、突破你的軟弱、突破你的環境、突破你的情緒、突破你需要面對的事情、突破你眼前的情況……

人如果什麼事情都可以選擇的話，相信絕少部分的人會選擇挫折、或是選擇碰到各種負面的事情。但如果有一天你真的遇到了這些挫折、或是挑戰，你又能怎麼辦呢？就像你沒有辦法選擇你出生的家庭、家人，所以要怎麼面對你接下來的人生呢？而人生換個角度來想，其實不就是一直在遇到事情、面對事情、處理事情、解決事情、接受事情、放下事情嗎？

你的人生、我的人生、他的人生……最後，希望小黑系列可以陪伴你走過人生一些低潮、分享生活中那點滴間的無厘頭笑容、還有那些不管遇到什麼事情而想流眼淚、想哭的日子。

　　小黑從老母手中接下擔任老大一家人守護犬的棒子之後，就開始和老大一家人朝夕相處，一起生活；所以不管老大一家人怎麼想，小黑總覺得對老大家有一份責任在⋯⋯

　　但是像螞蟻們老是偷搬老大家的食物、完全不知道何時會跑來跑去的睡袋、還有老大家養的魚竟然會從魚缸裡面自己跳出來⋯⋯這些情況都讓小黑不知道該怎麼處理，甚至應該是在天上飛的小鳥，最後卻只能在地上行走，這一切⋯⋯叫小黑該如何是好呢？

　　小黑有可能會想到解決所有問題的好辦法嗎？牠真的會找到一個令自己滿意的答案嗎？

主要角色介紹》

WANTED

女主人——人類，又名『老大的媽』

男主人——人類，又名『老大的爸』

小主人弟弟——人類，又名『老大弟弟』

小主人——人類，又名『老大』

小黑——白色拉不拉多犬

我該怎麼看待、或是用什麼角度來看「螞蟻」這個這麼小的東西呢？

「螞蟻的身體那麼小、吃的東西那麼少，走起路來即使牠們是用跑的，也永遠不會比我慢慢走來得快……」

照理說，「我應該要對螞蟻好一點！」

所謂的好一點也就是在我覺得「可以接受」的情況下，幫助牠們！

「尤其螞蟻們為了要吃個東西就得先走上大老遠的路去找食物，好不容易找到食物以後還要再把食物慢慢搬回家，完全不管這中間的路上有沒有刮風、下雨或是遇到任何危險！」

「天啊！」

　　每次想到螞蟻們光是為了要找食物、要吃個東西，可能就得花上至少一整天的時間……「這一餐距離下一餐的時間也不知道還得隔多久，三餐都不定時，我覺得螞蟻們真的好可憐喔！」

　　「因為螞蟻們都為食物忙成這樣了，哪還有時間去做其他的事情呢？更別說還有玩樂的時間了！所以想想，我實在是太幸福了！能被老大一家人這樣照顧著……」

　　所以螞蟻和我小黑比較起來，「螞蟻真是太辛苦了！」

　　因此每次「螞蟻們在搬我碗裡面的食物渣渣，我通常都是假裝沒看到……就讓螞蟻們搬吧！」反正搬一次才能拿那麼少的東西，而且來來回回又要等很久，螞蟻們才會再回來搬第二次……

當然啦！

　　「有時候為了怕螞蟻們以後只搬我碗裡面的食物，而再也不去找別地方的食物來吃時……我還是會看情況把我的碗改變一下位置！」

「就讓螞蟻們偶爾找不到我的碗吧！」

　　免得到最後所有的螞蟻通通都跑來我的碗裡面搬食物，那我是要怎麼吃飯呢？「況且食物都是老大一家人出於愛我才幫我準備的！我也沒有理由不好好珍惜老大一家人對我的愛啊！是不是？」

　　所以我跟螞蟻們之間的關係……「長久以來一直都是維持這樣！」

　　「偶爾讓螞蟻們搬搬我碗裡面的食物渣渣、偶爾讓牠們找不到我的碗……」

　　「我一直以為這是我對螞蟻族群們最大的極限了！」畢竟螞蟻們搬的也是老大家的食物，我實在沒有理由因為要同情螞蟻而放棄老大一家人對我的信任！

　　「我的責任應該不只是保護老大一家人的安全！當然還要保護老大一家人的食物啊！是不是？」所以，我只需要稍微移動我的碗就好了。而且有時候看好幾隻螞蟻按先後順序走成一排，不就很像我和朋友們走在一起的樣子嗎？

　　「不過我發現如果要和朋友們聊天的話，還是邊曬太陽邊坐

著、或是邊趴著聊天會比較安全……」因為邊走路邊聊天既不方便，也很危險！「尤其是走在最外面、最靠近馬路的那一個最危險！因為常常聊天，聊著、聊著，就忘了要注意身邊有沒有車子經過……」

那真的是很危險的事！

「但是螞蟻們應該是沒有太多時間來聊天啦！」

因為螞蟻們走路走得那麼慢……「光是找食物就得要花上很多時間了！」螞蟻如果遇到同類，應該就只是會問對方：「有沒有找到食物？有的話，就趕快跟你一起去搬！如果沒有的話，就先說再見了！得趕快分頭再去找食物了！」

或是說：「不要再往那個方向去了！因為那個方向我已經找過了！我完全沒有看到任何食物的影子，所以別浪費時間再往那個方向白跑一趟了！」

所以基於關心的立場，我也一直以為我把和螞蟻之間的關係拿捏的很好……「就是既沒有讓螞蟻們餓死，也沒有辜負老大一家人對我的愛與信任！」

　　直到昨天發生的一件事情，讓我對螞蟻們的處境又多了一份同情……

　　那就是「當我看到老大媽媽在洗廚房流理台……結果她只是將水輕輕一潑，就把原來好不容易已經爬上水龍頭的幾隻小螞蟻，一下子全部都沖到洗碗槽裡面去了！」

　　說螞蟻小，螞蟻就真的是這麼小……「因為老大媽媽真的只是用雙手從水龍頭下面接水、然後再輕輕地灑在水龍頭上面而已耶……真的就只是這樣的動作而已耶！」

　　「沒想到那幾隻螞蟻就因為老大媽媽這樣的舉動，幾乎同時

間的就全部從水龍頭上面狠狠地被水給沖下來了！立刻一隻、一隻的掉進洗碗槽裡面去了！」

哇！這一沖牠們會被沖到哪裡去呢？

「老大媽媽對付螞蟻根本就還不需要用到任何酒精哩！真的只是用水而已耶！」說真的。因為老大媽媽之前都是用酒精噴蟑螂，說這樣殺蟑螂的效果最好！

「話說蟑螂一旦被酒精噴到，噴個沒幾下，蟑螂立刻就從想逃跑、不斷掙扎、到完全都不會動了！」這時候老大媽媽只要去拿張衛生紙，輕輕鬆鬆的就把蟑螂給捏起來、丟掉！

「用酒精噴殺蟑螂這種方法是既省事、又乾淨；而且小蟑螂又比大蟑螂容易噴到！因為小蟑螂跑得慢，一緊張就不知道往哪裡跑、又不會飛，所以常常一下子就被酒精給噴到了！真的是噴個五、六下子就完全不會動了！很省時間，也很省力！」

真的是越小的東西越容易處理、越快處理好！

所以話說回來，「螞蟻應該是最常遇到分離的東西了！」

因為螞蟻應該常常一不小心、或是不知道怎麼發生的，就被

帶到了另一個陌生的地方。「說不定螞蟻在還搞不清楚自己在哪裡的時候，就又被很奇怪的方法帶到另一個陌生的地方去了！」

所以說到底，「螞蟻的家」到底在哪裡呢？

「因為隨便一個情況、一個原因，螞蟻就被迫離開原來的家，回不去了……所以螞蟻離開家絕對不是因為離家出走、或是任意出走的！這我很肯定！」

像是「螞蟻本來好不容易爬進垃圾桶裡面去找食物的……」可是當垃圾桶整個被拿去倒掉的時候，螞蟻很可能就這樣連同垃圾又被帶到另一個地方去了！

「螞蟻就這樣和家人永遠地分開了！」說真的。

「因為螞蟻是絕對來不及從垃圾桶裡面跑出來的！」

所以螞蟻只好到新地方，重新開始牠接下來的人生……「這樣一來，如果連之前有喜歡，但還沒有、或是還來不及表白的異性螞蟻就再也沒有機會碰到面了！」

「螞蟻真的好可憐喔！」

「還有一次我記得和老大一家人去老大外公、外婆家小住個

幾天……」真的才離開家裡面幾天而已喔！

「真的不誇張！」

以前也不是沒有出過遠門！可是那次才一剛回到家裡，老大媽媽準備要喝水的時候，她一打開茶壺的蓋子，老大媽媽竟然同時尖叫了起來……

「因為老大媽媽看到茶壺裡面竟然有一大群螞蟻……一隻接一隻的、一隻接一隻的在茶壺裡面爬呀爬的、漂呀漂的……」

「老大媽媽一向希望老大有更多的生活經驗……」所以每次老大媽媽一看到有什麼新奇、不一樣的事情、都會立刻叫老大趕快過去看！

「所以那次當然也不例外！」

我只記得當下就聽到老大媽媽大叫：「天啊！怎麼會有這麼多的螞蟻啊？老大快來看！茶壺裡面竟然有一大群的螞蟻……真的有好多的螞蟻喔！快來看！快來看！好噁心喔！」

老大媽媽雖然沒有叫我趕快過去看，但那次我也好奇的趕緊跑向廚房去湊湊熱鬧，「天啊！真的有好多螞蟻喔！」

「除了零散在茶壺內各個角落的螞蟻之外，另外還有一大群

的螞蟻們緊緊地依偎在一起⋯⋯看起來像是彼此踩著彼此、或是彼此拉著彼此，形成了一個像是腳掌一樣大小的形狀！漂、漂、浮、浮的在茶壺裡面，看起來真的好可怕喔！」

　　當我再更仔細地看著茶壺內擠在一起的螞蟻時⋯⋯「像是彼此踩著彼此的頭、踩著彼此的身體，看起來好像是誰也不願意當最下面的那個犧牲品⋯⋯」

　　「螞蟻們各自拚了老命的往上爬！努力的往上爬呀、爬呀、爬的！像是很不想要自己的身體碰到水似的！」

　　可是不知道怎麼搞的⋯⋯可能螞蟻們知道牠們已經被老大媽媽、老大，還有我發現了！所以突然間螞蟻們一下子全都散開了！各自游到離自己最近的茶壺口去了⋯⋯

　　後來老大媽媽、老大、還有我「就看螞蟻們這樣游啊、游啊、手啊、腳啊、一起拼了老命似的由茶壺中心點往茶壺外邊努力的划呀、划的、划呀、划的。慢慢的⋯⋯慢慢的⋯⋯慢慢的⋯⋯然後有幾隻螞蟻好像划不動了，速度就漸漸地慢下來了⋯⋯」「看得出來跑到茶壺裡面的螞蟻們，想必都是因為太渴了！」這是我覺得最合理的答案。

「不然為何是一次一大群螞蟻們直接跑到茶壺裡面、乾脆整個身體都浸在水裡喝水？而不是一隻、一隻的站在茶壺旁邊喝呢？我想螞蟻們應該都是因為渴到受不了了！所以乾脆直接把整個身體都泡在茶壺裡面喝比較過癮吧！」

沒想到老大一家人才出個遠門幾天，家裡之前有水的地方，全部都乾到沒水了！

「像是廚房流理台、廁所水龍頭、洗臉台、浴缸的水滴⋯⋯

相信螞蟻們也是花了一些時間才找到茶壺裡面的水！」

　　不過「也是因為那次的經驗，才讓我發現原來螞蟻的鼻子也可以那麼好！竟然可以聞到茶壺裡面有水！真是跟我小黑有得比了！」

好險！好險！

　　「老大媽媽喝水前有打開茶壺先檢查看看裡面！不然如果喝到那麼多的螞蟻，那還得了？」

　　後來「老大媽媽把整個茶壺的水往廚房流理台裡面大力的倒……」而且再開水龍頭把茶壺裡面好好的沖、刷、洗乾淨！

　　「哇！這下子……茶壺裡面的螞蟻又不知道會被水沖去哪裡了！」難道又要開始下一段不知地點、不知終點為何，所謂流浪的旅程了嗎？

　　所以有個想法是說：「為了不要遇到任何意外或危險，乾脆就一直都待在螞蟻窩裡面好了！不要出去，免得遇到危險！」

　　但是「口渴、肚子餓就是要去找水來喝、找食物來吃啊！」

　　而「水和食物就一定是在外面啊！」

「如果不去外面找水、或是找食物的話，難道螞蟻們要一直待在窩裡面等著活活渴死或是餓死嗎？」

所以「還是出去外面找水、找食物吧！」這樣比較實際。

出去外面除了可能不會渴死、餓死之外，應該還有很大的機率是可以平安回來的……「咦？這樣說起來，當螞蟻的這輩子注定是要流浪的……」

想想看！「螞蟻們真的只是因為口渴、肚子餓，出門找個水喝、找個東西吃而已，這樣就被沖到不知道到哪裡去了……」

這次回家的路又會有多遠呢？

這些螞蟻們能順利的找到回家的路嗎？「還是這一趟又花了牠們更多的時間……而且這次出門能不能平安的回家、即使真的回到家裡以後，會不會因為時間隔太久了，所以爸爸、媽媽、哥哥、姊姊、弟弟、妹妹……也全都不在家了呢？」

這樣想想，「螞蟻的一生也真夠曲折的了！」

難怪有時候看到兩隻螞蟻在一起，都會很熱情的將身體碰在

一起……好像是在打招呼，也好像是在確認對方是不是同一個家庭出來的！

　　但這樣打招呼的方式，其實有個但書喔！「就是生病、感冒、發燒的時候不可以這個樣子打招呼喔！不然可是會把細菌傳染給其他螞蟻的……」這樣就很沒禮貌了！

　　嗯……每次出門都可以說是要去流浪……

　　「因為螞蟻永遠不知道出門後接下來會發生什麼事情。」

　　「所以螞蟻的一生真可以說是在流浪中渡過的啊！」

WANTED

女主人──人類，又名『老大的媽』

男主人──人類，又名『老大的爸』

小主人──人類，又名『老大』

☆小主人弟弟──人類，又名『老大弟弟』

小黑──白色拉不拉多犬

第 **2** 篇

小小螞蟻打獵記

螞蟻的身體小、走得慢、連帶的還有一個很尷尬的情形──
「那就是如果螞蟻好不容易找到食物了，想趕快回去通知家人一起來搬……可是當螞蟻很開心的帶著一大群的螞蟻家人回去要找食物的時候，食物卻已經不見了！」因為早就被老大媽媽收起來！或是擦掉、丟掉了！

　　一大群的螞蟻這時候只能很失望的走回家去了！或是再分頭各自去找食物……所以當我看到螞蟻走路速度變很快的時候，「因為螞蟻大部分的時間走路都是慢吞吞的。」可能是牠找到食物了，所以要趕快去通知同伴們來搬！也有可能是被同伴通知說哪裡找到食物了，所以要趕快過去幫忙搬食物！免得動作太慢，食物就不見了……

但是「這也有例外的情況！」

像是有些食物根本大到都搬不動，如「大包子！而且又黏在盤子上面！所以螞蟻在試搬了一會兒以後，確定自己一隻搬不起來，又會開始在包子旁邊慢吞吞地繞來繞去了！」

螞蟻這時候好像是在想辦法，好像不願意輕易放棄眼前這個包子似的。

「因為自己一隻肯定是搬不回去了！但走那麼久的路，好不容易回到家找了一大群的螞蟻家人來幫忙搬時，如果這時候包子卻不見了……」

「食物不見了一次、兩次下來，其他的螞蟻家人還會再相信牠說的話嗎？相信牠說哪裡有食物？還會再願意跟著牠出去搬食物嗎？」

我想這是每隻螞蟻都會遇到的，除了分離以外的另一個問題了……「就是螞蟻之間的相互信任問題！」

這一趟究竟會不會白跑呢？螞蟻之間會不會有所謂「誰的功勞比較大？像是誰最會找到食物？或是誰找到的食物最多呢？」

　　譬如說：「如果甲螞蟻每次說哪裡有食物要去搬……到達目的地的時候，幾乎食物也都還會在那裡，那螞蟻群們以後就會很相信甲螞蟻說的話；但是相反的，如果乙螞蟻有十次說食物在那裡，可是當螞蟻群們趕過去的時候，卻只有兩次真的有食物在那裡！那就有可能會導致以後其他的螞蟻對乙螞蟻說的話會不太相信了！」

　　可能其它的螞蟻會覺得乙螞蟻找食物的運氣不好！所以連帶的，就會對乙螞蟻說的話不太相信、或是不感興趣！

　　所以我想針對這樣的結果最好的辦法就是——當螞蟻找到食物以後，就自己在現場先吃飽！而且是要吃到很飽、很飽、很飽的那種！然後再趕快回去通知其它的螞蟻家人們來幫忙搬剩下來的食物。

　　「這樣不管到最後……回來的時候食物還在不在原處？或是不管其他的螞蟻家人們會怎麼想？反正自己都已經先吃飽了！所以別的螞蟻會怎麼想也就沒有那麼大的關係啦！」

「當然！」

「如果趕回去的時候，食物還在原處那是最棒的了！不然自己的肚子又餓不說、又要被其他的螞蟻家人們誤會……那真是很令人難過的一件事情！」

另外，我發現螞蟻大部分的時間都是很獨立、各自去找食物，很少成群結隊的！

但是什麼時候會看到很多螞蟻在同一個地方出現呢？「像是要搬食物的時候、或是找到食物，彼此要趕快通知更多的螞蟻家人們來支援的時候……」

那時候就會看到比較多的螞蟻出現在同一個地方了！

就像有一次我和老大一家人在公園散步……走著，走著，就在一個矮磚牆上看到一大群螞蟻們正在很努力、很合作的搬一隻死去的蝴蝶……「現場就是看到有一大群的螞蟻，一下子要把蝴蝶搬到這個洞裡，但因為洞口實在是太小了，蝴蝶的翅膀根本進不去，所以螞蟻們只好把蝴蝶再搬去相隔不遠的另外一個洞口……」

　　「但是另外一個洞口……雖然外觀大小是蝴蝶翅膀可以進去的尺寸，但是螞蟻群們就是東喬喬、西喬喬了半天，整隻蝴蝶還是進不去那個洞……」後來終於把蝴蝶搬進附近的一個洞口裡面去了！

　　「我本來以為螞蟻們找食物、搬食物回家的過程應該就這樣結束了！正想替牠們覺得高興、歡呼的時候，沒想到……過沒多久，這群螞蟻們竟然又把剛剛好不容易才搬進去的蝴蝶給搬出洞口來了！」

這是為什麼呢？

「莫非是那個洞口的外表看起來很大，但洞裡面卻太小、太擠？所以螞蟻們只好又把蝴蝶給搬出來？」真的不懂！

最後看了不知道有多久……「好不容易螞蟻們在試了好幾個洞口之後，終於順利的把整隻蝴蝶搬進其中一個洞口去了！也終於沒有再把蝴蝶給搬出來了！」

呼！吁！「終於……」

「總算完成了！」

耶！「好棒喔！萬歲！萬歲！恭喜！恭喜！」

「但是話又說回來了！不知道那個洞口是哪隻螞蟻的家？竟然可以大到放下一隻大蝴蝶……」真的很好奇。

還有一天早上，「我像往常一樣的巡邏老大的家……當我路過茶几，往茶几上面一蹬腳的時候，正好看到老大杯子裡面有好多隻螞蟻，少說也有十幾隻吧！」看起來真的好可怕喔！

真的不知道螞蟻們是什麼時候一隻一隻的爬進杯子裡面去的？「只看到杯子裡面有幾隻螞蟻圍成一個圓圈，一動也不動的；有幾隻則是凌亂的散在杯子底端各處。但是牠們共同的特徵都是動作慢慢的、慢慢的、慢慢的好像是在很小心的找什麼東西、聞什麼東西似的！」

後來我往杯子裡面一聞……喔！

「原來是有甜味的水！」

難怪會聚集這麼多的螞蟻在杯子裡面！

　　但很奇怪的是……「這些已經在杯子裡面的螞蟻好像沒有很想要趕緊動身離開這個杯子、去通知其它螞蟻同伴來的打算！」

　　看起來杯子裡面的螞蟻好像都想先自己好好享受杯子裡面的甜水似的，所以真的沒有一隻螞蟻有意願、或是有時間去找其他的家人來。

　　「這些螞蟻們應該都是之前就口渴太久了吧！很有可能好不容易找到水，尤其是甜的水……實在是捨不得離開啊！」

　　「也有可能是因為甜水實在是太好喝了！所以螞蟻們想先一次喝個夠本，免得在回去的路上，還不到半路的時候，杯子又被移開了！」那就真的太可惜了！

　　所以在這個杯子裡面的螞蟻們從我發現牠們開始算起，到老大放學回家、要喝東西而洗杯子為止……「這些在喝甜水的螞蟻們既沒有爬出杯口，更別說是去找其他的螞蟻同伴來了！」

原來如此

　　「原來螞蟻也會……因為這麼一點甜味就丟下同伴，不通知牠們的同伴？這樣看起來，螞蟻的世界也不太能信任了！」

　　如果我是螞蟻，除非我很累了、受傷了，不然絕對不在家休息太久的……「等我的狀況好些了，就要趕緊出去找東西吃！」

　　對了！「也有可能螞蟻們只是在喝水……因為水不像其他東西可以用搬的啊！」

　　這樣想想，好像也對……水是沒辦法用搬的，更別說是搬回家了，真的只能在現場用喝的喔！

　　「所以螞蟻們乾脆在現場吃喝到飽就好了！根本就不用回去再叫其他的螞蟻同伴來喝啊！或是真的等到喝得很飽、很飽了，

就滿意的回家，再去請其他的螞蟻同伴來喝！」

喔……原來如此！「有這個可能喔！」

所以這是為什麼杯子裡面的螞蟻數量不會很多！

「因為要先等兩隻螞蟻回家以後、另外兩隻螞蟻再出門、兩隻螞蟻回家以後、另外兩隻螞蟻再出門……總要留些螞蟻在家顧家吧！」說真的。

不然當其他窩的螞蟻們經過這個窩時，還會誤認為這個窩已經沒有住螞蟻了！「所以就把這個窩當成自己的窩了！」

哇！「那誤會可大了！」

或是也有可能遇到那種很兇的螞蟻……「牠只要看到哪個窩裡沒有螞蟻、或是螞蟻很少時，就會想要硬闖或是直接佔據……這也是有可能的！」

所以等在外獵食的螞蟻們都結束回家以後，才發現家裡已經住滿了陌生的螞蟻群……那真的是會整個愣住或是嚇傻的吧！

「所以螞蟻窩裡平時也要多留幾隻比較強壯的螞蟻顧家，或保衛家園，這樣比較保險！」

如果平時看到螞蟻走起路來好像沒有什麼力氣，這邊慢慢

晃、那邊慢慢晃的找食物……「也有可能是因為已經吃飽了！所以動作變慢了？走不動了？或是好不容易大老遠的跑去找食物，可是食物卻不見了……所以才會走路走得這麼失望、沮喪！」

「也有可能是餓昏了！或是根本不知道要從哪裡開始找食物……」所以乾脆就慢吞吞的走好了！

「急什麼呢？」

此外「說不定在找食物的路上就會被捏死、或是踩死了！」這很有可能喔！

所以這一趟出門還不知道能不能平安順利的回到家呢？「更別說是很幸運的找到食物了！」

應該是說「最好的狀況就是自己吃飽了，也順利帶了一大群的螞蟻們找到食物，然後螞蟻們也都平安的一起帶食物回家了！」任務順利結束！

「這樣一天就結束了！」如果真的這樣就太棒了！

而最壞的情況呢？

「就是──食物沒找到，餓肚子就算了，最怕的是自己也被帶到另一個陌生的地方，根本回不了原來的家！」這是最糟糕的情況。

這樣想想，就覺得自己「真的很幸福！」

「老大一家人願意接納和他們長得完全不一樣的我……不只是每天都給我東西吃、不用我自己出去找食物吃、沒讓我餓肚子之外，還給我一個溫暖的家，讓我可以跟他們一家人住在一起……」我真是太幸運了！

嗯！想了半天……

「好險老大一家人不會對我太嚴苛！」像是會問我說：「為何螞蟻會來我們家呢？或是為何你的碗裡面會有螞蟻呢？」

如果老大一家人會這樣待我，那真是太可怕了！

嗯嗯……「他們沒有在這些小事上面跟我計較，我真是太感謝、太幸福了！」

WANTED

女主人——人類, 又名『老大的媽』

男主人——人類, 又名『老大的爸』

小黑——白色拉不拉多犬

小主人——人類, 又名『老大』

小主人弟弟——人類, 又名『老大弟弟』

第 3 篇

不能改變的命運

不知道是什麼原因？「老大媽媽特別喜歡買葡萄來吃！」所以廚房窗台下的食物櫃上面常常可以看到一串串的葡萄放在那裡，只是通常這些葡萄買回來的那天，「當晚就會被老大媽媽全部一次洗好，吃掉了！」

　　不過老大媽媽即使要吃掉所有的葡萄，她也是先從軟的、或是破皮的先開始吃起「因為那些破皮的、軟的，不能再放到明天了！」老大媽媽是這樣說的。

　　「好的、漂亮的、完整的葡萄當晚若是吃不完，還可以再多放冰箱一天，明天還可以吃！」

　　「這樣一來就不會有任何的葡萄被浪費掉了！」

「我小黑對葡萄沒什麼特別的感覺！」我是認真的。

「一來是因為葡萄沒有什麼嚼勁，總覺得咬沒兩三下，它的肉就全部攤平，隨時可以吞下去了！」

「二來是咬葡萄的時候，還有葡萄子在那裡卡卡的……而葡萄子又會塞我的牙縫！有時候還真是會叫你要咬也不是、不咬也不是，要吞也不是、不吞也不是！」

不過，「葡萄也是有優點的！」就是吃久了不會口渴；畢竟每咬它一口就會有果汁流出來，這樣即使咬久了，嘴巴也不會因為太乾而急著找水喝了……

「如果老大媽媽真的怕葡萄軟掉不好吃的話，可以先把全部軟的、破皮的都留給我吃吧！」我是不介意這些的！「反正東西軟的更好咬、更好吞，沒什麼不好的啊！」

可是先撇開葡萄的口感來說，「我覺得葡萄是種很不公平、也很可憐的水果！」

「這話怎麼說呢？」

「因為既然葡萄是被串在一起、長在一起的手足，那為何長

在下面的葡萄永遠都只能待在其他手足的下面呢？」除非等到葡萄手足們被一顆一顆拔下來後，才能夠換個位子，移到上面來；不然葡萄的位置就是永遠固定長下面的就是長下面，長右邊的就是長右邊，長上面的就是長上面……「位置不能換就算了！連你旁邊的手足也都不能換……即使是一下下也好。大家的位置都是固定的，這樣不是很可憐嗎？」

就像有時候即使和旁邊的葡萄手足吵架了，也不能和它換個位置……因為等到可以換的那一刻，通常也就是它們要被吃掉的時候了！

另外，「如果最左邊的葡萄想看最右邊的風景也不行、最右

邊的葡萄想跟最左邊的葡萄講話也不方便！」想想這種命運還真的很無奈！

還有很多不公平的地方哩！

「像是長在下面的葡萄，永遠都是被壓在下面的那一個……」被壓在下面耶！好慘啊！「更別說是被壓在最下面、最下面、最下面的那一個了！」它得乘載上面好多手足的重量喔！

「不管它願不願意、喜不喜歡……它永遠都不能喘口氣、休息一下，它平時應該連想呼口氣都很難吧！」

還有啊！「如果長在上面的葡萄手足又是屬於易胖體質的話……那長在下面的葡萄手足就真的更可憐了！那真不是開玩笑的！」

什麼是易胖體質呢？

「就是連只喝水、不吃任何東西就還是會變得很大隻、很大隻的那一種……」就像是長成一串串的葡萄，它們明明就是手足，但是有些葡萄就是長得比其它葡萄還大粒！

「如果長得大粒，但是長的位置是在其它葡萄手足下面的

話，那倒還好！」因為它有比較多的肉及重量去承載長在上面的手足；但是如果是長得大粒、又是長在其他手足上面的話——哇！那長在下面的葡萄手足肯定會被壓垮了！

因為如果沒有特別去移動葡萄的話，葡萄基本上都會維持同一個姿勢，而且是維持得很久很久……「即使是有大風吹來，它們的姿勢、位置也不太容易有變動！」所以長在下面的瘦葡萄想都不用想，一定會被長在上面的胖葡萄給壓得不能呼吸了！

這時候肯定有人就會問啦！

「那胖葡萄是自己願意長成這樣的嗎？」我相信至少有一半以上的胖葡萄，應該都不是自願的！「但是因為實在是沒有辦法！體質聽說是一開始長的時候就固定了！」

「雖然形狀長得胖胖、大大、圓圓的葡萄很討人喜歡；但是我只要想到它們會把長在下面的手足壓到快沒了呼吸……」我就覺得不是那麼好了！

「所以如果長在上面的葡萄是屬於易胖體質……那我就要請長在上面的葡萄手足體貼一些、克制自己一些、少吃一點啦！」

看能不能長得慢一點？好減少下面葡萄手足的負擔！或是胖葡萄手足可以自己喬位子，挪到也是屬於胖葡萄手足的上面，盡量不要壓到瘦葡萄啦！

「胖葡萄壓胖葡萄應該還好吧！」反正長在上面的胖葡萄就是要多想些辦法、動點腦、看能不能不要把其它長在下面的葡萄手足壓到受傷；「因為如果只管自己長肉，都不管其他手足的話，這樣一直長下去的結果，可是會把下面的手足給活活壓到破皮或流血的喔！」

「不是開玩笑、是真的啦！」

如果不是被老大媽媽給吃掉、而是被長在上面又很大粒的葡萄手足給壓到受傷；「把自己的葡萄手足給壓到破皮、流汁、有傷口……這會有多難過啊？相信到時候不只是自己會難過，其他的手足看在眼裡應該也會覺得很難過吧！」

真的！每次一想到這裡……「我就很替長在下面的瘦小葡萄們覺得難過！」

「怎麼會這樣呢？」

「手足之間難道不是平等的嗎？或是應該有人願意偶爾出面幫葡萄們反過來放……像是左邊葡萄也可以轉到右邊去，或是右邊葡萄也可以轉到左邊去。」這樣一來，前面、後面的位置也可以同時對調，「就像是不會只有左邊的葡萄一直曬到太陽、或是右邊的葡萄一直吹到風……這樣大家都有機會可以曬到太陽或是吹到風，不是比較公平，對大家也比較好嗎？」是不是？

但仔細想想……「不管再怎麼挪位置，能夠長在上面的葡萄

還是比較好！」

　　一來是它不用去扛其它葡萄手足的重量、輕鬆許多；二來是位在上面的視野比較好，整片天空都是它的……

　　「不像長在下面的葡萄，除了上面有葡萄擋著，妨礙視線之外，它想把頭好好地往上抬著看天上也是很困難的！」三來是位在上面的葡萄應該是長得最完整、最健康、最漂亮的！

　　「因為它的上面完全沒有東西了……所以它不會被壓到、更不會說是被壓到破皮、汁都流出來那樣可憐了！」所以也不會有蟲蟲跑進去吃它的肉，「所以它應該可以算是手足裡面長得最完整、最漂亮的了！」

　　葡萄手足間的命運好像就這樣一直被串在一起，沒得改了……

　　「因為打從它們一出生開始，它們的位置就被固定住了！一直到它們被摘下來、掉下來被吃掉的那一天為止……」反正這串在一起的手足，都會一直緊緊的在一起，沒得挑、沒得選、也沒得抱怨……

　　「不管好與不好，反正長在最下面的葡萄通常都是最辛苦、

最可憐、長相最差的那個就對了！」

　　「更別說它是一串葡萄裡面最常被外界抱怨、被嫌棄的那一個了……」因為長在最下面，所以一定常常被壓到破皮或是很軟，好像真的沒辦法改變這個情況了！身為葡萄真的要認命啊！連老大媽媽要吃葡萄的時候也總是會忍不住說：「嗯！先吃最下面那些破皮的、很軟的……」

無奈

　　如果破皮真的破得太嚴重的話，老大媽媽則是會直接丟掉！

　　但她大部分的時間總是會邊說、邊仔細的檢查，然後邊眉頭緊皺、邊好像很嫌棄長在最下面的葡萄似的；或是很不希望長在最下面的葡萄又被她發現哪裡有破皮……

　　仔細想想：「有可能只是因為被壓在最下面就被壓到破皮、或是變軟嗎？還是天氣太熱也有可能造成這樣的結果呢？」嗯……

　　這時候我總會為長在最下面的葡萄感到難過……「因為破皮又不是它的錯！也不是它自己造成的啊！它也是不願意的啊！」

這真的是很無奈的一件事情！

　　「就只是因為它長在最下面、所以肯定被壓、容易破皮……」這樣就被討厭？被排斥？被嫌棄？「唉！長在最下面、被壓在最下面的葡萄到底是犯了什麼錯呢？」

還有一個很尷尬的情形！

　　「那就是大小誰先長、誰後長的順序問題……」在上面的葡萄到底是比在下面的葡萄先長出來呢？還是比在下面的葡萄晚長出來呢？「如果是比在下面的葡萄先長出來，那問題不大！」畢竟它是先長出來的！「所以按照長幼順序排列、它好像是可以去壓比它晚長出來、年紀又比它還小的葡萄後輩！」

　　但如果是比在下面的葡萄晚長出來，代表年紀比在下面的葡萄年紀還小，卻還要硬壓在年紀比自己還大的葡萄手足身上，這樣會不會有點說不過去呢？

　　「這樣好像不太好耶！」

　　請問：「有葡萄一直對自己在手足之間的位置、長幼順序排列感到滿意的嗎？」

　　「有沒有葡萄根本就不想當老大，但出生順序卻是排在最前面的幾個？或者根本就不想當老么，但偏偏就是最後面幾個才長出來、生出來的！」這當然很無奈！

　　「大的不想被當成大的、小的也不想被當成小的，這似乎是一個頭痛的問題！」

但是反過來想想……

　　「全部被串在一起也不是沒有優點；像是天冷的時候，所有手足都靠在一起，感覺就不會那麼冷了！」尤其靠緊的時候，風更是吹不進去，這時候長在下面的葡萄就會覺得比較溫暖了！「因為長在上面的葡萄手足可以幫它擋風……我想這也是長在下面的葡萄們唯一可以享受到位置優點的時候吧！」

　　另外被串在一起的優點就是很有安全感……「因為所有的葡萄都緊緊靠在一起，形成一道厚厚的牆，所以根本就沒有東西敢欺負它們，更別說是要從它們中間穿過去了！」對不對？

　　「耶……等一下！等一下！我又有個想法了！香蕉就不一樣了喔！」因為雖然長在最下面的香蕉也和長在最下面的葡萄一

樣，都被在上面的手足壓著，「但是在香蕉的世界裡，通常是最上面的香蕉會比最下面的香蕉更早被吃掉喔！」

嘻嘻……「嗯！這樣想想，好像就公平一點了！」

「嗯……所以葡萄真的很可憐！」長的位置如果一開始就好，一路上的位置幾乎都會很好；相反的，長的位置如果一開始就比較不好……「唉！真不知道該怎麼說了！」

反正這種串在一起的命運就是和獨立長大的命運不一樣……「像是番茄、蘋果、檸檬……它們就是各別獨立的命運！」它們常常會被挪動位置；有時候甚至風大一點點的話，它們的位置也會因為這樣就被改變囉！」

唉！「我還是讓大家自己來評評理吧！」

女主人——人類，又名『老大的媽』

男主人——人類，又名『老大的爸』

小黑——白色拉不拉多犬

小主人——人類，又名『老大』

小主人弟弟——人類，又名『老大弟弟』

第4篇
不會破掉的口袋

「**老**大很喜歡在口袋裡面裝些小東西，像是餅乾、糖果，或是放進一些小玩具，因為這樣就可以隨時有玩具跟同學玩、或是隨時可以和同學交換點心來吃……」

但問題是時間久了以後，口袋開口處的兩邊縫線常常就會裂開，然後隨著時間越久，裂縫就會越裂越大、越裂越大。而老大又特別喜歡穿有口袋的衣服，不管那個口袋的位置是在衣服的左右下方兩邊、或是口袋是在衣服前方腰間的位置……

「反正老大就是很喜歡穿有口袋的衣服。」

老大說：「雖然褲子也有口袋……但褲子畢竟是用來坐的！所以褲子的口袋不好裝東西！像是一坐下來的時候，褲子的口袋

就會變得很緊很緊，不只是口袋裡的餅乾會碎掉，甚至在坐著的時候，要把東西從褲子口袋裡面拿出來，也很不好拿，因為手很難伸進褲子口袋裡面，更何況要從口袋裡面拿東西出來呢！」

我覺得老大這個論點聽起來很有道理耶！

「所以老大媽媽後來就會把剛買回來要給老大穿的衣服，事先都在口袋開口處縫上幾針，而且會來回縫個好幾次，確定開口處的縫線已經縫很緊了」。或者老大媽媽要洗衣服、收衣服、疊衣服的時候，看見口袋開口處的兩邊縫線有點鬆了，老大媽媽也會及時把那件衣服給攔截下來，等攔截兩三件衣服之後，「老大媽媽就會拿出她寶貝的針線盒，一件、兩件、三件……仔仔細細、來來回回的將老大衣服口袋開口處縫好。」

至於老大爸爸的口袋呢？

老大爸爸則是習慣用褲子的口袋裝東西，所以之前「我不知道他的口袋裡面還可以放很多把鑰匙呢！」

像是家裡的鑰匙、辦公室的鑰匙、摩托車的鑰匙、信箱的鑰匙、老大的腳踏車鑰匙……所以這一整串的鑰匙加起來，我想老

大爸爸的褲子口袋想要不破也難吧！

「沒錯！所以老大爸爸的褲子口袋也是需要特別縫過的！因為老大爸爸除了放這麼多的鑰匙在褲子口袋之外，他還會在裡面放零錢呢！」

「尤其是放一枚一枚圓形的錢幣……這些圓形的錢幣有大枚的、有小枚的，不過它們好像都比紙做的錢重很多喔！」

「我為什麼會知道圓形的錢幣比紙做的錢重呢？」

因為有時候老大爸爸帶我去買東西的時候，要掏錢結帳時，如果不小心錢從口袋裡面掉出來的話，圓形的錢幣掉到地上是有聲音的！而紙做的錢則是完全沒有聲音！

這是一個發現！

「另外有一次，也是在樓下買東西的時候，那天正好風還蠻大的！沒想到紙的錢掉到地上以後，竟然就這樣被風給吹到飛起來了……而圓形的錢幣則是躺在地上一動也不動的！」

這真是個重要的發現！

所以從這兩個發現我得到一個結論就是：「圓形的錢幣一定比紙做的錢重！而且應該重很多！」

我記得那天紙做的錢被風給吹走以後，好險沒有被吹得很遠！「我趕快跑去追！而且還順利的給咬回來了呢！」

所以你們放心！「我小黑還是有在工作的！沒有因為要買吃的東西就變得興奮過頭，讓錢就這樣白白的從我的眼前飛走了……」

關於這點我可是有訓練過的！我的反應還算快！這一點自信我是有的！

往另外一個角度想……

「如果當時我不把紙做的錢給追咬回來的話，老大爸爸身上可能就沒有錢付給老闆了！所以老闆就不會把食物交給老大爸爸了！而老大爸爸也就沒有食物可以分給我吃了！」

所以不管當時我是要怎麼想、怎麼做，「反正不論如何把錢咬回來是一定要的啦！」

那天當我把錢咬回來給老大爸爸的時候，老大爸爸好像很高

興的樣子，一直摸著我的頭對我說：「小黑！你好棒喔！竟然可以幫我把錢給咬回來！好棒喔！好乖喔！」

　　我想老大爸爸當天可能也是因為我幫他把錢給咬回來了！所以他後來還特別再幫我加點一份點心帶著走……「所以當天除了在現場我有吃的東西以外，回到家之後我還繼續的在吃耶……真是吃不停啊！」

　　「想想那天真是愉快的一天！」

話說回來……

「既然老大爸爸的褲子口袋裡面需要裝那麼多的東西，為了避免口袋不小心破掉，這麼多的東西會從口袋裡面掉出來，老大媽媽也會事先在老大爸爸褲子口袋的兩邊開口縫線處，多縫個幾針加強，這樣就確保褲子口袋開口處縫線比較不會鬆、比較不會破了！」至於老大媽媽自己的口袋呢？「老大媽媽好像比較少在口袋裡面放東西耶！不管是衣服、外套的口袋、還是褲子的口袋？」她好像都習慣把東西放在她的包包裡面，不管是口罩、手機、面紙、濕紙巾、酒精、防蚊液、鑰匙、還有錢……

「所以老大媽媽出門的時候，只要揹著一個包包，所有的東西都在裡面了！老大媽媽也不用擔心背包會突然有裂縫、破掉，然後有東西會從包包裡面掉出來。」

我覺得老大媽媽用這個背包裝東西的方法比較好耶！「一來是可以裝比口袋更多的東西！二來是可以更放心！因為包包比口袋更不會掉出東西來啊！」

這個方法很好啊！

為什麼老大爸爸和老大不學著用這個方法來裝東西呢？「他們倆為何堅持要將東西放在衣服口袋或是褲子的口袋呢？」

「後來我發現……原來不是老大媽媽不放東西在她衣服或是褲子的口袋，而是她的褲子和衣服根本就沒有口袋！不像老大爸爸的褲子一樣，前面有左右兩個大大、寬寬、鬆鬆的口袋！還有褲子屁股後面左右兩邊也是兩個寬寬、大大的口袋；或是像老大的衣服上面都有口袋，所以老大媽媽的東西真的是沒有地方可以放……我相信老大媽媽自然會把所有東西都放進她的包包裡面去了。」

說也奇怪……

「老大媽媽因為習慣把所有東西都放進她的包包裡面帶著走，所以每次出門老大媽媽也就很自然的會拿起包包往外走！」老大爸爸和老大則是如果要和老大媽媽一起出門的話，他們就會把一些想帶的小東西全都往老大媽媽的背包裡面塞……像是牙線棒、玩具布偶、彩色筆、貼紙等。

「沒辦法！因為老大的衣服口袋、老大爸爸的褲子口袋能裝、能塞的東西都沒有比老大媽媽的包包裝得多。」

所以老大媽媽的包包裡面常常會有十幾樣東西……「但通常有一半以上的東西都不是老大媽媽自己的！可能有兩、三樣是屬於老大的，而老大爸爸也有兩、三樣東西，這樣加在一起就成為十幾樣東西了！」

反正東西就是越放越多！越塞越多！

這樣聽起來……

「老大媽媽的包包重量好像也還好！」但是沒有想到，老大媽媽這樣揹包包的次數一多了之後，竟然揹包包的那整隻手臂就麻掉了！

「尤其是沿著肩膀下來的地方到上臂，後來竟然連整個肩膀也都沒辦法正常地往上抬、往上舉了！」

所以現在大家一起出門的時候，老大爸爸偶爾會幫忙揹老大媽媽的背包……「讓老大媽媽的肩膀可以趁機休息一下！或是叫老大自己揹自己的包包，或是直接少帶一些東西出門就可以

了！」我想這些都是不讓老大媽媽肩膀受傷的好方法。

　　說了老大一家人這麼多不同的習慣和方法，其實這些方法都很棒！都很好！我沒有意見！「我只是想說既然我小黑身為家中一分子，其實我也可以幫忙揹老大媽媽的背包啊！」

　　還有，既然老大媽媽本身縫自己衣物和褲子的機會那麼少，那個針線盒幾乎全都是用在縫老大爸爸的褲子口袋和老大的衣服口袋……所以那個針線盒應該可以改名叫做「愛的針線盒」吧！

　　嗯！對！沒錯！就是「愛的針線盒」！

「有鳥兒不敢用翅膀飛起來？或是往天上飛的嗎？應該沒有吧！」不然為什麼老大家的前陽台欄杆上、或是前陽台冷氣機的外殼上面常常可以看到有鳥停在那、或是聽到鳥在說話，甚至是鳥在跳舞唱歌的聲音呢？

　　「還有如果鳥真的怕高的話，牠還可以當鳥嗎？」不管是遇到晴天、颳大風、或是下雨天……「如果不敢用翅膀飛起來的話，牠還可以被稱做是鳥嗎？」

　　嗯……「這真是所有鳥兒得面對的一個實際問題！」

我為什麼會想到這個問題呢？

唉！怎麼會想到這事呢？都是因為那天在公園看到一隻我從來沒有見過的狗……「牠真的是很奇怪耶！什麼都不聞、什麼都不看、就只是一路跟著、走著、聞著、跟著、走著、聞著……在牠前面不遠處的一隻小鳥。」

「那隻奇怪的狗就這樣近距離的一路跟著、聞著那隻可憐的鳥……走了好遠、好遠、好遠的一段路……這樣跟著牠有好一陣子喔！」那隻狗真奇怪。

「牠也不想想牠這樣一路跟著那隻可憐的鳥，會造成那隻鳥多大的壓力啊？」我看牠們一前一後的那個樣子……就知道那隻鳥不認識那隻狗，「因為那隻鳥既沒有停下來，也沒有回過頭來跟那隻狗講話的打算！那隻鳥就是一直不停地往前跳跳、走走、跳跳、走走的……」沒辦法呀！「因為那隻狗就是一直死命、不放棄、很討厭的在牠身後緊緊跟著！」

「那隻鳥能停下腳步不走嗎？不行啊！是不是？」這樣一直被跟著真的很煩耶！

「我完全可以了解那種被一路跟著的感覺……真的很不舒服耶！」

我是認真的！

「因為你又不認識牠……」大家要走的路、去的地方也都不一樣吧！「路這麼寬，牠為什麼偏偏就是要走在你的後面呢？而且是走了好長、好長的一段路之後，牠還是繼續跟在你的後面？牠難道沒有別的地方可以去了？還是牠要跟去你家？」

「這真是越想越不舒服的一件事！」我看不下去了！

「話是這樣講沒錯……」但是後來我反過來想想，我覺得那隻鳥也不太對勁！

「牠為什麼只用走的？不趕快飛起來呢？」

我們狗又沒有翅膀、不能飛，而那隻鳥，說真的……用飛的，很快地就甩開那隻討厭的狗啊！是不是？那隻鳥為何不飛起來呢？為什麼一直只用走路的方式前進呢？

「真奇怪！難道是牠的翅膀受傷了飛不起來？還是有別的我看不到、不了解的原因呢？」

　　但是自從這件事情過後，我每次出門只要看到地上有鳥兒，我都會特別留意，多看個幾眼！「只為了看牠們會不會飛起來？還是只是會用走路、跳躍的方式移動而已！」

　　有時候如果時間允許的話，我甚至會做個假動作……假裝我要跑去撞那隻鳥！「但當我五次動作這麼大的要跑向那些鳥兒的時候，有三、四次我離鳥兒還很遠的時候，那些鳥早就飛起來了！根本就等不到我離牠們很近……」應該是說牠們根本就不給我機會靠近牠們啊！

所以回想起那天那隻被狗跟了那麼久，卻還不飛起來的鳥兒……「是不是那隻鳥兒跟其他的鳥兒比較起來真的很不一樣呢？」是不是？

太奇怪了！

「難道是牠還不會飛？還是翅膀受傷了？還是剛剛吃太多？吃太飽了？還是太累了？飛不動？」我想這中間一定有什麼原因！

我想「這隻鳥也未免太危險了吧！……有翅膀卻不能飛？那牠該怎麼保護自己呢？」在陸地上身體比牠大的動物實在是太多了……「牠可不是每次運氣都會這麼好，遇到只會跟牠、聞牠、看牠、卻不會咬牠、兇牠、吃牠的狗狗喔！」

這也讓我想到有一次看到在電視上播放的影片……「有一隻鳥媽媽，生了兩隻鳥兄弟；鳥兄弟漸漸長大之後，開始要學飛了！所以鳥媽媽就找了一天沒有下雨、天氣很好、出大太陽的好日子要教兩隻鳥兄弟如何飛行！」

其中「鳥哥哥在試著拍動翅膀幾次之後，就真的飛起來了！」牠順利地飛到對面鳥媽媽停靠的樹枝上！

快飛起來吧！

後來「鳥弟弟也試著拍動牠的翅膀好幾次、好幾次、好幾次，但是好幾次之後呢⋯⋯牠卻還是不敢飛離一直站在上面的樹枝！」只見牠兩隻腳爪緊緊地抓著樹枝不放，牠一點都沒有想鬆開腳爪的樣子！

鳥弟弟只是站在那裡，站得好好的，好像很著急似的，但只是一直揮動著牠身上的翅膀⋯⋯

「鳥媽媽和鳥哥哥則是一同耐心地站在對面不遠處的樹幹上，一直揮動著身上的翅膀，好像是在鼓勵鳥弟弟趕快學牠們，趕快也飛到和牠們所站在的同一棵樹枝上！」

「終於啊⋯⋯真的是終於⋯⋯」鳥弟弟終於願意鬆開牠兩隻緊抓樹枝的腳爪，慢慢地、慢慢地⋯⋯「但正當鳥弟弟打算飛起來的時候，沒想到才飛離原來的樹枝沒一下子⋯⋯鳥弟弟竟然就這樣整個從天上直接又快、又狠的重重摔到地上去了！」

哇！嚇死我了！那一定很痛！

「這是什麼情形呢？」為什麼鳥弟弟會突然從高空的樹枝上摔下來？但鳥哥哥為什麼就可以順利的飛起來呢？

「兩兄弟之間的差距也未免太大了吧！」平平都是從同一個鳥媽媽的肚子裡面生出來的……「為什麼一個可以那麼快的學會飛、順利的飛起來？為什麼另一個就不行呢？」兩隻鳥從外觀上看起來並沒有多大的不同啊！

所以我才想到「鳥弟弟可能是翅膀出了問題……不知道是翅膀太短了？還是沒有力氣？飛不起來？還是翅膀受傷了？」

主持人這時候也說：「這隻鳥弟弟要盡快的學會飛行才行喔！不然牠生存的能力會受到很大的考驗……」時間緊迫喔！

「因為當鳥弟弟越來越大隻的時候，代表牠的食量也會越來越大！牠得要盡早學會飛行，才能夠自己找吃的……」總不能一直由鳥媽媽來照顧牠吧！

況且「鳥媽媽也需要自己出去找食物吃，來填飽自己的肚子啊！」

鳥媽媽真的好辛苦喔！

「飛出去一趟是能夠找到多少食物呢？」鳥媽媽自己吃可能都不太夠了！「更何況還要每天去餵飽一隻越來越大的鳥兒子呢？」鳥媽媽一定累壞了！

「除了填飽肚子的問題以外……」鳥弟弟也要盡早學會如何照顧、保護自己啊！「鳥弟弟雖然可以一直待在樹上……不用到地面上來，但樹上的危險也不少啊！」

　　「像是會爬樹的蛇，甚至是在天上飛、比鳥弟弟更大隻的鳥兒……」也都可能會把鳥弟弟當成是食物來飽餐一頓的！

　　「鳥弟弟到時候如果還不會飛，那牠該如何躲過天上、樹上的危險呢？該會的總是要會啊！」尤其是已經長出翅膀了！翅膀如果不能用、或者不會用的話……「那多可惜啊？是不是？」

「既然長了翅膀⋯⋯就代表一定有它的用途！」因為你永遠不知道它何時會派上用場？何時它會救你一命？何時你沒有它你就不行？

所以「我真的很替電視上的那隻鳥弟弟著急！」

「我真希望我可以幫上鳥弟弟一些忙⋯⋯看是要陪牠？看著牠飛？還是如果牠一不小心又摔到地上的話，我可以趕快跑到牠的身邊保護牠？」讓那些原本在地上等著想傷害牠的動物們，全部都撲了空！

加油！加油！

唉⋯⋯「真的很希望那隻鳥弟弟可以趕在被地上、樹上、天上的動物們欺負、傷害之前，就學會飛行！」

希望牠可以趕快學會保護自己！看是要找出翅膀那裡有問題？還是只是不太會用翅膀而已⋯⋯「一定是有哪個環節沒有做好或是想到！所以鳥弟弟才沒辦法像鳥哥哥一樣順利的飛起來⋯⋯」

　　「說不定再練習飛行個幾次，鳥弟弟就真的可以飛起來了！」也說不一定啊！是不是？練習的時候摔下來沒有關係啊！反正只是在練習的階段嘛！況且練習的時候會摔下來也是很正常的！最重要的就是「不要因此就感到沮喪、挫折，更不要覺得不好意思，或是丟臉，然後就不練習用翅膀飛行了！」

　　嗯……「希望鳥弟弟可以鼓起勇氣，再多練習飛行個幾次。接下來好好仔細的看看鳥媽媽、鳥哥哥是如何展開翅膀？是如何順利飛出去的？」

　　這一步一定要再多練習，絕對不能因為害怕這個、害怕那個，就不去嘗試、不去練習；「練習是很重要的！這一步一定要能夠勇敢地飛起來、飛出去……」

　　「像是飛出去的第一步是先展開你全部的翅膀？還是先半開翅膀就好了？所以第一步真的是很重要！就是翅膀和腳要怎麼配合才能夠飛得起來呢？」

　　這些雖然都是細節，但卻是影響到鳥弟弟能不能順利飛行的關鍵啊！

「所有的細節都掌握到了之後，說不定鳥弟弟就可以飛得很順利了……」至於翅膀沒有力氣的話，那就要多多練習展開翅膀。每天練習大力的開、合、開、合、開、合幾次……

　　把力氣給練起來、練出來，「這樣翅膀才能夠真的承受住鳥
弟弟整個身體的重量啊！」

　　「鳥弟弟的翅膀如果可以承受鳥弟弟整個身體的重量，那鳥
弟弟應該就可以順利的飛起來了吧！」真的好期待看到鳥弟弟飛
起來喔！加油！

女主人——人類，又名『老大的媽』

男主人——人類，又名『老大的爸』

小黑——白色拉不拉多犬

小主人——人類，又名『老大』

小主人弟弟——人類，又名『老大弟弟』

第6篇

這一步就給它踏出去吧！(下)

記得在我還很小、很小的時候……「我的腳可能還沒有什麼力氣，也可能是年紀還小，所以走路的經驗不多……因為當時我還在學走路的階段嘛！」所以那時候走起路來真的身體常常就會一不小心的往一邊倒去，或是直接整個腳軟蹲坐下去，不然就是跌倒！

「這些都曾經發生在我身上！而且還發生過好幾次呢！」不誇張喔！

所以我覺得會跌倒是很正常的！「後來漸漸地可能是因為我的腳比較有力氣了，也可能是練習走路走很多次了，現在的我除了可以走得很穩、很久、很快都不會跌倒、腿軟以外呢，我也可

以跑得很穩、很久、很快了！」現在這些完全難不倒我了！

　　所以「能夠一開始就會走路、就會跑步、不會跌倒；會飛起來、不會摔下來的應該算是少數吧！」

　　「好希望鳥弟弟不要害怕摔下來、或者怕痛……」

　　所以重點就是翅膀要有力氣，也要多練習如何用翅膀正確地飛起來！「其實最糟糕的不是鳥弟弟從樹上摔下來，而是鳥弟弟以後再也不敢飛出去、或是不願意再做更多的飛行練習！」

有練習就是好的！

　　「鳥弟弟可以試著先從矮一點的樹枝上飛起來……反正只是在練習張開翅膀、如何正確揮動翅膀、如何飛得起來而已啊！」所以樹是高、還是矮都不重要！總不能因為只摔下來個幾次，以後都再也不練習飛行了吧！

　　讓我想想看還有什麼辦法可以幫助鳥弟弟的！

　　「所有的鳥兒可不是大力揮動翅膀就一定飛得久、飛得高、飛得遠喔……」

　　所以在練習的時候飛得高、飛得低，其實都不是重點！「能

夠飛得起來當然是最好！」如果到時候飛不起來、真的摔下來的
話……反正樹也是很矮的！所以真要摔下來的話，也不會痛到哪
裡去了！

　　這樣可以一直練習等到真的很會飛的時候，再去高一點的樹
枝上練習飛就行了……「那時候應該就比較不會擔心摔下來的問
題了！」鳥弟弟一定要想辦法靠自己飛起來，「不然牠的生存會
受到很大的挑戰喔！」

　　但是「鳥哥哥一開始學飛就從那麼高的樹枝上開始飛起
來……鳥弟弟也有可能是因為怕高，而不是翅膀出了問題也說不
一定啊！一下子就要從那麼高的地方飛起來，還要邊看前方；頭
暈不說，還要同時兼顧飛行、不要撞到前面的東西……」

　　這真是不簡單的一件事啊！或者是我把練習飛行這整個過程
想得太簡單了……「應該是說前面跳太多、省略太多了！」

該怎麼說呢？

　　或許應該「先練習如何從很高的地方往下看、往前看；等到
確定完全不會頭暈之後，再來練習飛行……這樣的順序應該比較對

吧！」不然練習半天一直以為是翅膀的問題，結果卻是因為怕高、頭暈的問題。「那練習的順序和重點就完全搞錯了啊！」是不是？

　　還有一個可能：「就是當鳥媽媽帶鳥弟弟練習飛行的時候，其實鳥弟弟的狀況並不好……」什麼叫狀況不好呢？「就是可能鳥弟弟剛剛才吃飽、或者是才剛睡醒、或者是昨晚沒睡好、太累想睡覺了……」整體來說就是「鳥弟弟的精神不好、狀況不好啦！」

就拿我自己的例子來説吧！

「因為如果我精神不好的話，連剛站起來要走路的時候，我的頭都會暈暈的，所以走路也會走的不太穩。但是等我完全清醒了以後，我就會走得很好、很穩，還會跑很快哩……」所以更何況是硬要一隻精神不好的鳥飛起來呢？

「牠的頭不是會更暈？頭暈還能飛嗎？鳥可是在天上飛的耶！比我在陸地上走的還難很多耶！」所以即使鳥弟弟剛開始能飛，但精神不好應該也會害牠「飛不好、或是飛不久吧！」

另外「吃太飽、或是剛吃飽的時候，頭也會很暈！所以不管是哪種原因所造成的頭暈、或是精神不好……我想結果應該都沒有辦法讓鳥弟弟飛得很好吧！」

至於頭暈這個問題就比較容易解決！「就是下次不要吃太飽、或是吃飽後不要立刻飛起來……」先坐著、或是躺著休息至少一會兒，等休息夠了再飛！「或是先好好睡個覺。睡到自然醒來、睡飽飽的等到狀況一切在最好的時候再來練習飛行！相信精神比較好的時候，頭就不會暈；頭不會暈的話，相信就會飛得比較好了！」

還是希望鳥弟弟可以早日找到飛不起來的原因，「有毅力、有恆心、勇敢地把飛不好的原因找出來，並且一一克服這些原因；不管是怕高？還是姿勢不對？相信牠離可以在天空上盡情飛翔的日子就不遠了！」

鳥弟弟加油！

說到這裡，「誰說鳥兒不能怕高？或是怕高的話，就不能當鳥？或是怕高，就不是一隻好鳥？」我想重點不是在沒有害怕的東西……「而是你可以克服你的害怕，不管讓你害怕的東西是你看得到？還是你看不到的？」

所以在天上飛的動物們可以怕高嗎？「像是在天上飛的蚊子！」我想請問。

或是在地上走的動物可以怕搖晃嗎？「像是走在陸地上的狗狗！」沒錯！我說的就是我！

或是在水裡生活的魚可以怕水嗎？「像是老大家魚缸裡面的魚！」

嗯嗯……「所以蚊子可以怕高嗎？當然可以啊！蚊子只要找到適合自己的方法，讓自己在飛行的時候不怕高就可以了！反正只要不影響牠飛行就好了，不是嗎？」我說正經的！

大家應該都有害怕的東西吧！

「就拿我自己來說吧！我就很害怕地板會突然搖晃……沒有原因、事前沒有任何跡象的左右搖、有時候甚至變成好像是上下在跳動……那個情形很難說清楚啦！」我也還想不懂為什麼會這樣？「但是我就真的是親身遇到過這種地板會搖晃的情況，而且一搖還會搖好幾次呢！」真的很可怕耶！

就是「不管當時我是坐著、站著，或是躺在老大家的地板上，地板就是很突然間的就開始搖晃了起來……我可是沒有任何一點心理準備喔！」

所以我很確定地板會搖晃絕對跟我沒有關係！也不是因為我而引起、或是我造成的！「純粹是地板它自己的問題！」

你可千萬不要小看「地板搖晃」這個問題喔！「因為地板不是

只有左、右、左、右、左、右、上、下、上、下、上、下來回重複搖晃個幾次而已喔……搖太大力之後會怎麼樣，你知道嗎？」

整個窗戶好像跟著在搖了，電視機好像也在搖了，桌上的東西好像也在搖了……

「尤其是天花板上的燈泡因為搖晃的關係，竟然燈罩會這樣被搖晃著、搖晃著、搖晃到很大力的時候就會聽到兩個燈罩很大聲的『碰』在一起，然後燈泡就被敲破了，接著地板上就會有好多、好多的玻璃碎片……灑了一地！」

不只是這樣喔！

「老大家的魚缸也因為地板一直在左、右、上、下這樣來回重複的搖晃著，使得魚缸裡面的水也灑到客廳地板上了！」好險，那次雖然只有我小黑一個在顧家，但是魚兒沒有因為晃動而跳出魚缸……

「真的好險！好險！不然老大一家人都不在，我該如何把跳出魚缸的魚裝作沒事似的放回魚缸裡面去呢？」

更不要說那次……「地板搖晃過後很久、很久以後，老大一家人終於一個接一個的回來了！我剛開始本來很擔心老大一家人會怪我怎麼只是顧個家而已，卻顧到整個魚缸的水都灑出來了……天花板的燈罩也不見了！但地板上卻滿佈著灑了一地的玻璃碎片……」這要我怎麼解釋呢？

　　天啊！整個家裡只能用兩個字來形容就是 **"很亂"**！「所以說真的，在老大一家人還沒有回來之前，我一直在想如何能夠讓他們明白那些混亂都不是我弄的、也不是我造成的。請不要誤會、更不要生我的氣……」嗚！我當時真的好擔心喔！

「我真的是無辜的！」

　　「不過後來好像我的擔心都是多餘的……」因為當老大媽媽及老大踏進門的第一步時，老大媽媽竟然是先問我：「有沒有怎麼樣？剛剛害不害怕？好像他們剛剛都知道發生什麼事情一樣，即使他們沒有一個人在家，他們真的是太厲害了！」我當下就鬆了一口氣！

　　所以「當他們看到地上靠近魚缸附近的那一灘水、還有碎玻璃片……他們除了完全沒有責怪我的意思之外，老大媽媽還叫老大和我趕快離那些碎玻璃片遠一點」，因為她要趕快把那些碎玻璃片給掃起來，免得有誰會因為不小心踩到玻璃碎片而受傷流血了！

你們不要笑我喔！

「像這種地板一搖晃起來，連窗戶也會一陣、一陣、轟隆、轟隆的作響……連老大家客廳那台那麼重的大電視機好像都有點在搖晃。」當時我還真的很怕電視機會這樣摔到地板上耶！

「好險電視機最後沒有摔下來！不過如果你親身遇到這種情形，你會不害怕？你會怎麼做呢？」

「而且地板在搖晃的時候，你覺得是飛在天上的鳥兒會害怕？還是腳直接踩在地板上的我會害怕？」

所以說……「誰也別笑誰了！」

但是說真的，我不只害怕地板會搖，我也很怕從高的地方往下面看哩！「所以老大一家人根本就不用擔心我會趁他們出門不在家的時候偷偷跳到茶几、餐桌上，甚至是跳到櫃子上去了！」我最多就是故意「用爬的爬上沙發啦！」

讓我再想想……

「我還怕什麼呢？」嗯！對了！「其實我還很怕被不認識的人盯著看！因為當他們盯著我瞧的時候，我不知道我是該笑？還是假裝沒看到？還是裝作很累？或是裝作很忙？」這真的是考倒我了！

因為我真的不知道他們為什麼要一直看我？或者更貼切的描述是盯著我打量？「是要過來跟我玩嗎？還是只是遠遠地站著看著我、對我好奇而已？」「他們到底想要怎麼樣呢？」

所以我也得突破這種害羞、害怕被人看、害怕要面對外面

世界的心理障礙，如果我真的不只想當隻只在老大家裡面活動的狗，也能好好出去透個氣、在外面溜達很久、很久的話，「這個部份我就得好好的突破、克服！」

嗯……「突破」

所以說到這……「鳥弟弟可能根本就不是什麼翅膀受傷、或是翅膀沒有力氣才飛不起來的！牠可能只是單純的就怕高吧！除了不敢從高的地方往下看之外，更不要說是在高的地方飛來飛去了，那不是更可怕嗎！」

所以如果可以的話，我想要跟鳥弟弟說：「如果鳥弟弟你真的想要活命，真的想要找到更多的食物，你真的要善用你天生下來就具備有的條件；你就是要突破你目前不會飛、飛不起來的情況：要勇敢、要努力、有毅力、有恆心的不怕高、不怕累、不怕摔、不怕痛、不怕練習、不怕出糗……鳥弟弟你一定要把這一步踏出去喔！一直抱持著這樣的想法，信念就對了！鳥弟弟你一定要為你自己做到這些喔！一直做到你能夠順利飛起來的那一天為止！」

「加油！加油！加油！」

因為如果鳥弟弟你不這麼為你自己做的話，你要活下去的機會也不高了！「所以鳥弟弟如果你真的想要活命，你這一步就一定要踏出去……無論如何、你一定要踏出去、一定要喔！」

「鳥弟弟！來！我們一起努力！加油！」

女主人——人類, 又名『老大的媽』

男主人——人類, 又名『老大的爸』

小黑——白色拉不拉多犬

小主人——人類, 又名『老大』

小主人弟弟——人類, 又名『老大弟弟』

WANTED

第7篇
魚兒魚兒水中游

「這裡怎麼會有一條魚呢？」老大媽媽站在電視機旁驚呼著。

「什麼？在哪裡？」老大好奇的湊上前看。

「怎麼跳出來的啊？」老大媽媽覺得很奇怪。

「唉！可能是魚缸的水放太多、水太高了！」老大爸爸好像很懊惱似的邊說、邊緩慢的從廚房走出來。

「幾天了啊？」老大媽媽也跟著懊惱了起來！

「牠死了啦！動都不會動的！」老大似乎在對整個情況下最後的結論。

「原來魚缸的水如果太高的話，魚會跳出魚缸……」我覺得很新奇！

「魚為什麼要跳出魚缸呢？魚不是要有水才活得下去嗎？」
我搞不懂。

嗯……**魚死了！**

「這到底是怎麼回事呢？」我覺得這件事情需要好好的查一
查，免得下次又有同樣的情形發生。

「我可不能讓魚缸裡面的魚動不動就從魚缸裡面跳出來……
這樣魚缸裡面以後就沒有半條魚了！」我心裡想。

「我以後得加強巡邏這個地方了！一看到有任何魚跳出魚缸，就要趕快通知老大一家人來處理，看是要抓起來放回魚缸裡面，還是怎麼樣？」

「畢竟我待在家裡面的時間最長了⋯⋯沒有理由連魚跳出魚缸的時候我都會沒聽到吧！」我心中暗自下決定了。

「好可憐！就這樣死了！」老大媽媽難過的嘆了口氣。

「看著老大媽媽這麼難過，我絕對不能讓這種情形再發生了！」我對自己小聲的說。

「魚為什麼要跳出魚缸呢？」

魚又沒有腳、魚缸外面又沒有食物⋯⋯魚既不能走路、也沒有東西可以吃、難怪會餓死！「我心裡想！」

而且「魚跳出魚缸的時候，牠的爸媽知道嗎？牠的朋友知道嗎？」現在魚缸裡面所有的魚應該都在找牠吧！

「我覺得魚缸裡面如果突然少了一條魚，其他的魚應該都會覺得很奇怪吧！」

「這條魚為什麼不好好的就待在魚缸裡面呢？魚缸裡面又不

是沒有東西可以吃！」我真的想不透。

「難道牠是因為搶不到食物、餓壞了，所以才會想要跳出魚缸、找食物吃是嗎？」我越想越覺得有這個可能。

這樣想想……

「魚還真的蠻可憐的！因為牠們不像我有腳，還可以站著、趴著、躺著、半蹲著、不同姿勢輪流替換著……」魚不管累不累、有多累，卻只能一直在水裡面……沒有腳真的很不方便哩！

「我開始替所有的魚兒都覺得有些難過了。」

但是重點是「我該怎麼做才能讓魚缸裡面的魚都乖乖的待在魚缸裡面呢？」這我得要好好想一想了！

「如果等牠們都跳出來了……即使我很快的通知老大一家人、趕快再把牠們放回魚缸裡面去，但牠們應該也都摔傷了吧！」看來我真的得好好想個辦法去阻止這類情況再發生。

「那會不會是因為覺得魚缸太小了？所以魚才會跳出魚缸？還是魚不想待在水裡面了？」我還在想有哪些原因。「我絕不能讓這些無辜的魚就這樣白白犧牲了……」我下定決心了！

「魚到底在想些什麼呢？真可惜！我沒有認識魚的朋友！」所以這個問題真的不好問，也不知道找誰問！

魚缸上層還是下層有關係嗎？

「我發現大的魚比較常待在魚缸的底部，而較小的魚則比較常待在魚缸的上層……」這是為什麼呢？

「難道大魚是怕因為牠們的體型較大，所以會不小心游出魚缸嗎？」像是地板在搖的時候……因為魚缸裡面的水會搖晃，所以大魚擔心可能會不小心被晃出了魚缸？

「或是在移動魚缸時，因為魚缸裡面的水也會晃動，所以大魚怕會不小心被甩出了魚缸？」

「或是冬天的時候，也有可能是因為越靠近水面、水會比較冰冷；水底下則比較溫暖，所以大魚都躲在魚缸很下面，就是在水比較深的地方取暖？」

「大魚是不是真的怕如果自己游太大力的話，就會不小心游出水面了？」還是大魚的身體比較大、比較重，所以自然而然地就會沉到比較深的地方？

「或是大魚的經驗比較多、比較會保護自己，知道水深的地方敵人比較看不見、懂得低調。反正等到要覓食的時候再游到靠近水面處出現就好了？」

或是「有沒有可能是水底的世界更好玩？因為更神秘？」

或是因為水面上太亮了、太刺眼，即使陽光照到的地方水是溫的⋯⋯但水的溫度可能也太高了；也或許是「大魚的身體太大了！所以大魚即使游得再快，還是比小魚更容易被發現？」所以既然大魚比小魚更難找到可以藏身的地方，「那大魚乾脆就躲在水底下好了！」

到底是什麼原因讓「大魚比較喜歡待在水深的地方呢？」

反過來想⋯⋯

「小魚為什麼都喜歡游得比較靠近水面呢？」是不是因為水面上有葉子、好遮住牠們的身體、不容易被大魚看到而吃掉⋯⋯

「或是因為小魚的身體太小、太輕，潛不下水深的地方？」也有可能是因為小魚想多看看外面的世界、或是可以離魚飼料比較近、可以比較快搶到食物⋯⋯

　　但是說真的！「小魚的嘴巴也太小了吧！根本就吃不到什麼啊！」

　　這麼說起來，如果我要救魚的話，那我還得要再更積極一點呢！

　　「因為好像剛出生沒多久的小魚真的會被大魚吃掉耶！」所以我還得要教小魚們要躲在葉子旁邊，因為這樣比較不會被大魚發現啊……

「還有另外一個方法就是：一直把魚缸內的大魚們都餵得飽飽的！這樣大魚就比較不會去吃小魚了！或是也可以請老大一家人想個辦法，看如何把小魚和大魚給隔開來？」

小魚的成長

「這幾天這麼冷，魚都躲在很深的水面下……牠們既不游泳、也不吃飼料、到底是怎麼回事啊？」不吃東西的話會沒有體力耶！要多動身體，身體才會暖和啊！

「還有……說也奇怪！剛出生的小魚本來都游得慢慢的，既不怕大魚、也不知道什麼是魚飼料、更不懂得要躲在水草旁邊才能保命……」可是真的才沒過幾天，「哇！小魚們的反應簡直都變了個樣……」因為小魚們只要看到魚缸旁邊有影子出現，牠們游泳的速度就是比快的！

「小魚的身體小歸小，照樣嘴巴銜著飼料找個地方可以好好吃！」小魚也不知道從何時開始就會躲大魚了？牠們也會潛入較深的水裡面，就像一條大魚一樣，有飼料出現的時候才會浮出水面來吃飼料，平時則都喜歡躲在水底下……

「魚也是有想法的！」牠們不會因為整天都在魚缸裡面游泳就變得呆呆、笨笨的，「牠們知道自己在做什麼耶！」

「我真的想不透……」

住在老大家裡面的魚缸應該是很舒服的啊！「不像住在外面的水池；你不知道那個水池到底是用來養魚？還是做什麼用的？」因為水池裡面常常會看到有錢幣，看起來應該是有人丟的！「只是丟的時候會不會砸到正好游過那裡的魚？希望沒有魚會因為這些外來的銅板而受傷！」

還有，有些水池看起來也未免太淺了……「不知道是因為水太少了？還是怎麼回事？」魚的頭、身體都浮出水面了……「好像整個身體沒辦法全部都浸在水裡面似的！

這樣不是會很不舒服嗎？」魚不是應該整個身體都要泡在水裡面才可以活命嗎？如果身體一部分長時間都沒有碰到水的話，那魚還可以活得下去嗎？

「有些水池則是相反！」

「是誰放這麼多的水在水池裡面？在這裡面生活的魚隨時都要活得很專心喔！」絕對不可以邊游、邊玩、邊游、邊玩、或是游到忘我……不然牠可是會一不小心就游出水池外面去了！

「我想那條魚應該也沒有機會再回水池裡面生活了……」

「有些水池則是不知道怎麼回事……是水太髒了？還是泥土太多了？還是太久沒有清理了？竟然水會混濁到你完全看不到水的底部？」

你也沒想到水裡面還有住魚……直到有條魚不小心地游出水面，你才發現，天啊！「這麼髒的水竟然還有魚可以生活在裡面？」

所以如果將以上這些原因全部綜合起來：「魚可以生活在老大家的魚缸裡面是不是很舒服呢？」除了老大一家人會固定餵魚飼料，沒有人會亂丟東西進魚缸裡面！

「魚在裡面生活是很安全的！絕對不怕被奇怪的外來物打到、砸到、也不怕會吃到不能吃的東西。這個魚缸是不是應該讓牠們住得很安心呢？」

還有老大家魚缸裡面的水也不會一下子太多、一下子又太少……「它總是維持在距離魚缸表面七八分滿的位置！」所以魚在裡面游泳基本上是可以很放心地到處亂游！

「反正整個魚缸的環境就是這樣！不會變來變去！」說真的，如果要閉著眼睛短暫的游一會的話，應該也不是一件很難的

事情吧！「反正魚缸底部和魚缸的表面距離沒有多大的變化，魚就不怕一下子往上游得太快會衝出水面，或是游得太快會掉出魚缸外面！」

「再來就是乾淨、明亮的環境會讓人生活得更舒服⋯⋯」

因為老大家裡面的魚缸養了一隻笠螺，牠的工作就是負責把魚缸裡面的髒東西吃掉！「所以老大家裡面的魚缸看起來永遠都是乾乾淨淨的！水也是透明、清澈的！」牠們在裡面絕對不會因為看不清楚而撞到東西！除了安全的考量外，健康的考量也是很重要的！

「如果是生活在永遠都看不清楚、漆黑的環境裡面，心情會不會變得比較陰暗、沉重、快樂不起來呢？」而乾淨的水、乾淨的魚缸可以讓生活在裡面的魚心情比較輕鬆、愉快，「這樣就比較不容易生病！」

這樣想想⋯⋯

「魚能夠有機會生活在老大家裡面的魚缸，真的是太棒了！」至於為什麼還會有魚想跳出這樣的魚缸呢？「嗯⋯⋯目前

實在是想不出原因了！」但在那之前，為了怕其他的魚兒會跟著學，或是不小心也跳出了魚缸，我得暗示老大一家人趕快學一些餐廳的作法：「就是在魚缸的邊緣處貼上『禁止跳出水面』的公告！」

「餐廳禁止狗狗進入的公告通常是一條斜線劃過一條狗狗的身上……」魚缸這邊的公告應該是「一條魚畫上一條斜線！」這樣魚兒在游經過那個公告時，就會特別留意，千萬不要游超過那個魚缸表面，不然游出去的話真的是沒得負責的喔！

這麼說起來……

「魚會跳出魚缸一定是有原因的……」我得趕快把這個原因找出來，好防止下次同樣的事情再發生了！「但是在還沒有想出真正的原因之前，就暫時當跳出魚缸的那條魚和這個魚缸沒有緣分好了！」

「今晚我就先在魚缸旁邊睡覺吧！」

嗯！「就這麼辦」！

晚安……

WANTED

女主人——人類，又名『老大的媽』

男主人——人類，又名『老大的爸』

小黑——白色拉不拉多犬

小主人——人類，又名『老大』

小主人弟弟——人類，又名『老大弟弟』

第8篇

Kuso 的蚊子

話說在蚊子的世界裡，有沒有可能發生以下的情形？

如：一隻小蚊子在流鼻血，牠的媽媽就跟小蚊子說：「喔……你流鼻血了！等下鼻血停的時候記得要趕快再去吸血喔！不然你會失血過多哩！」

另外一隻蚊子媽媽發現牠的蚊子兒子衣服上都是血，就問牠兒子：「咦？你怎麼這麼浪費？吃得滿身都是血呢？」牠的蚊子兒子說：「不是啦！我不是在吃東西，我是流鼻血了啦！」

也有可能有隻蚊子的肚子有脹氣的問題，牠想了很久，也問過很多蚊子的朋友，後來得到的結論可能是因為「牠吸血的時候嘴巴張得太大了！」所以同時間就吸到很多的空氣；也有可能

是因為牠習慣一邊飛行、一邊張開嘴巴呼吸，所以吸到很多的空氣；或是牠自認為吸血吸得很快，但是速度過快的結果，導致牠的腸胃消化不好。

就像有隻小蚊子飛回家後很難過的跟牠媽媽說：「媽媽，我的好朋友被打死了！」蚊子媽媽就很緊張、著急的問說：「怎麼回事？怎麼發生的？」小蚊子就哭著說：「牠吃飯的聲音太大聲了啦！嗚……嗚……」

也有隻小蚊子飛回家以後，蚊子媽媽就發現小蚊子的頭上「怎麼有一個大包呢？」小蚊子就說：「媽媽！我今天跟一個朋友打架，結果我打輸了！我朋友就在我的頭上吸了一大塊的血，所以我的頭才這麼腫！」

或是有一隻小蚊子問一隻老蚊子說：「前輩，您的手不是才剛用肥皂洗過的嗎？怎麼手又髒了呢？」老蚊子說：「因為我的手要隨時都緊抓著牆壁，不然我會摔下來啊！」小蚊子接著又問說：「那您為何要停在那麼高的牆壁上呢？停在矮的地方或是地板上不是比較容易嗎？」老蚊子說：「停在矮的地方容易被打到啊！所以我習慣停在很高的牆壁上！」老蚊子接著又說：「即使

我是停在很高的牆壁上，我也還是要飛來飛去，常常換位子，不然很容易就會被看到！所以我的手常常在摸不同的地方，比較快髒！當然要常洗啦！」

　　另外甲蚊子問乙蚊子說：「哇！你真厲害！還會騎腳踏車……」乙蚊子回答說：「因為我曾經在馬戲團裡待過啊！」

有天一隻小蚊子問一隻老蚊子說：「前輩，您真的好棒喔！為什麼可以飛得這麼低呢？我只會飛高的……」老蚊子回答說：「因為我以前在軍隊裡面負責的就是偵測受傷蚊子的工作，所以我都要儘可能的飛低一點，才能準確的飛回部隊裡報告，看是需要什麼樣的支援？才能救回那隻受傷的蚊子啊！」

有兩隻蚊子朋友約好碰面。甲蚊子說：「我們才一陣子不見！你的牙齒怎麼全部都變成黑色的了？」乙蚊子回答說：「沒有啦！我剛剛在吃巧克力蛋糕啦！」

可愛的小蚊子問老蚊子說：「前輩！您真的是我學習的榜樣……請問您活到這個年紀有什麼秘訣可以教我嗎？」老蚊子說：「如果你運氣不好被打到的話，不管是被打到一點點，或是被打成重傷，你都要趕快躺在地上，一動也不能動，像個灰塵一樣裝死……等人類真的以為你已經死了，他們通常都會走過來，想靠近你的身邊看個清楚，看你到底死了沒有？你就趁這個時候一定要趕快再想辦法飛走喔！不論如何都要趕快飛起來喔！

人類這時候因為以為你已經死了，所以他們一定會鬆懈下來！他們這時候的反應通常就會比平常慢，幾乎是不可能打到你

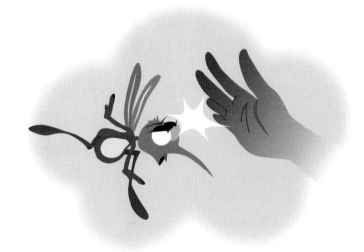

的啦！呵呵！恭喜你！這樣你就順利逃過一劫啦！」

　　接著小蚊子又問老蚊子說：「前輩！我想跟您請教……請問叮人最好的時機是什麼時候呢？」老蚊子說：「我認為人在上廁所的時候可以說是最棒的時候……因為整個屁股都是光溜溜的！如果這時候你從後面叮的話，人類幾乎是看不到你的！即使看到你，他們又能拿你怎麼樣呢？因為他們正在上廁所啊！肯定不方便打你，你就比較容易成功了！」老蚊子接著又說：「當人類在專心做一件事情的時候，也是叮他們很好的時機。如：看電視、打電腦、吃飯、睡覺……不過這時候你要千萬記得！你要一次很快的就叮完幾口血，然後就要趕快飛離現場！看能飛多遠、就飛

多遠！最好是整個都躲起來！讓人類看不到、也找不到你！絕對不能太貪心！想說……我先叮一口，再休息一下下；等會再叮另外一口，再休息一下下……這樣的話，等到人類發現你的存在以後，他們就不會輕易放過你，這時候你就真的很難飛走了！」

　　小蚊子又問老蚊子說：「前輩！請問您是如何常常可以飛到別人的家裡面去呢？」老蚊子回答說：「通常我都是會先躲在那家人的鞋子裡面休息，等到他們門一打開的時候，我就趕快飛進去！」小蚊子又接著問：「可是如果您在鞋子裡面睡著的話，怎麼知道人家的大門是何時打開的呢？」老蚊子說：「因為門在打開的時候，會有一陣大風吹過來，所以我就趁那個時候飛進去！而且人們正在開門的時候，眼睛通常比較不會看著鞋子，那個時間點上他們幾乎都在看手上的鑰匙、或是鑰匙洞、或是門把……所以我平常都是先躲在鞋子裡面，這可以算是目前我覺得最安全、也是最舒服、最不累人的方式了。」

　　另外如果還有兩隻蚊子抱在一起，頭貼著頭、身體貼著身體、尾巴貼著尾巴……這兩隻蚊子應該是在看了電影「鐵達尼號」之後，公蚊子立刻決定將牠的名字改為傑克，母蚊子則立刻改名為蘿絲……牠們正在學「鐵達尼號」的那一幕經典畫面，看牠們可以抱多久就抱多久……

　　還有隻小蚊子每天都跟在蚊子媽媽後面，不敢自己一個到處亂跑、亂飛；有天小蚊子很擔心的跟蚊子媽媽說：「媽媽！怎麼

辦？我想我以後都不敢自己一個出門了！」

　　蚊子媽媽就說：「來！乖孩子！你有沒有看到下面的那個排水孔？」

　　小蚊子說：「嗯！媽媽說的是那個有小飛蚊飛來飛去的排水孔嗎？」

　　蚊子媽媽說：「是阿！你仔細看那個排水孔！是不是比較小的飛蚊都只敢在排水孔附近飛？而且飛沒多久，就會趕快飛回排水孔裡面去……可是你有沒有發現比較大隻的飛蚊就敢飛的離排水孔比較遠？而且你看大飛蚊既使在外面已經飛得很久了，牠們都還不想飛回去哩！」蚊子媽媽接著說：「所以現在是因為你還小！等你長大一點的時候，你就不會那麼害怕自己一個飛遠了！好不好？別擔心了！」

女主人——人類，又名『老大的媽』

男主人——人類，又名『老大的爸』

小主人——人類，又名『老大』

小主人弟弟——人類，又名『老大弟弟』

小黑——白色拉不拉多犬

第9篇

哈囉，我在這裡！

我已經好一陣子都沒有看到阿德和牠的主人下來散步了！不知道最近牠們都在忙些什麼呢？所以今天下午當我回過頭看到阿德就站在我背後的時候，我還真的是嚇了一大跳呢！

「哈囉！小黑！好久不見！最近還好嗎？」阿德友善的和我打招呼。「呃……阿德！好久不見！」我試著儘快冷靜下來。

「你怎麼了？表情怪怪的？你還好吧？」阿德關心的問我。

「你什麼時候下來的？我剛剛怎麼沒有看到你呢？」我試著慢慢恢復平靜。

「已經下來一會兒啦！我主人還在那邊聊天哩……我看你在

這裡，就跑過來找你啦！」阿德說這話時，還把牠的頭轉向牠主人的方向。「看他們的樣子，可能還要聊一會呢……」我也看到阿德的主人了。

「是啊！所以我還可以跟你聊一會呢！」阿德打了一個很大、很大的哈欠，順便伸伸懶腰，把整個身子都拉得好長、好長。「想想阿德這樣靜悄悄……沒有任何一點聲響、動靜就突然出現在我背後的出場方式……」還真是把我嚇了一大跳呢！

「我真的不知道阿德是從哪裡冒出來的？」

　　這讓我整個下午的情緒都處在無解的狀態中……連帶的，後來阿德在講什麼，我也沒辦法仔細聽……我只能敷衍的回答牠、一直到牠跟牠的主人回家。

　　「我總不能讓牠知道我是這麼的遲鈍吧！」連有東西站在我的背後，我都沒辦法第一時間就察覺……還要等牠來叫我，「我可是隻看家狗耶！」

　　「我還是不知道阿德什麼時候就站在我背後的？怎麼想……都想不出來，更別說是知道牠在我的背後站多久了？」

　　「我真的完全不知道耶！我很確定！」我覺得很懊惱。

　　「阿德到底是從哪裡冒出來的呢？」我覺得這是我的問題！哪有看家狗的反應會這麼慢的？

　　「這樣我還能幫忙看家、顧家嗎？」我越想越覺得沮喪。

　　「想到這裡……我就比較喜歡小白的出場方式！」

　　小白總是會先讓你知道牠在哪裡……或許你會說：「小白這樣也未免太招搖了吧！」但我覺得小白這樣做是好的！至少牠不

會嚇到你！你也不會因為不小心沒有看到牠，沒有跟牠打招呼，而讓小白誤以為你在生牠的氣呢！「這樣的誤會應該是比較不會發生在和小白的互動過程中。」

這樣想想……

「小白似乎又多了一個優點！我得要多跟牠學學！」

因為小白喜歡到處尿、沿路尿，像是打卡似的告訴牠的朋友們說：「嘿！我今天來過這裡喔！」牠不知道用這種方式做暗號，我有多麼容易可以找到牠！

「我只要沿著氣味找……我就知道牠今天去過哪裡了！因為尿的氣味有濃跟淡……濃的代表剛才才在這裡，剛離開這裡不久；淡的代表已經離開這裡很久了！」

所以我可以按氣味的強弱來判定牠走的方向、路線大致是怎麼走的？甚至牠今天的氣味有點咖哩味，代表昨天、或是何時、小白有吃過咖哩？或是也有可能只是牠喝水喝得太少了……

「嗯……光從這個氣味裡面就可以知道很多關於小白的事！」

這種打卡的方式真好！

「我在想以後我要不要也學小白這樣子做暗號？讓我的朋友們可以很容易的就找到我！」

「畢竟我們出門的時間都不一樣……走的路線也不一樣；如果不利用一些方法來碰面的話，很可能得要好多天才會遇得到！」有時候即使是碰到面了，也很可能就要馬上跟主人回家了！變成什麼話都沒有講到……

那這樣幾天、幾次下來不就會悶死了嗎？

「我越想越有道理！」

但是說歸說……這中間還有個技術問題要克服！就是我得要學著小白，分段尿、絕對不能一次就尿完；但是我從住在老大家第一天開始，老母就教我說：「每次上廁所就要上乾淨喔！不要給老大一家人添麻煩！」所以一直到現在，我還是只會一次就上完的那種排泄方式……

「我真的不會分段尿哩！如果以後真的要學小白這樣子到處打卡的話，這個排泄問題我就得先來處理，看是不是找個時間來

137

練習一下？或是怎麼樣的？」

「像是每個地方都尿個幾滴、幾滴的……這樣應該就可以尿很多地方了！」我覺得這個方法應該行得通。

「如果到最後真的一滴尿都尿不出來的話……頂多就是乖乖回家啦！」大不了就是朋友比較不容易找到我，這樣想想其實也還好啦！「反正下次有機會就一定還會再碰到面的啊！」

「別擔心啦！」

「老大媽媽用的方法就很不錯！」像是幾乎事前我都會聽到老大媽媽用電話跟朋友先約日期、時間、地點在哪裡、哪裡碰面……「所以就不會發生誰突然被誰嚇到、或是誰已經好久沒有見到誰了！」當然！有時候老大媽媽也會接到其他朋友同樣要跟她約碰面的電話！「我覺得有電話、可以利用打電話來約朋友，真的是一件很方便的事！」

「我真的很想學會打電話耶！」只可惜我的手長得和老大一家人不太一樣……「像是我沒辦法把電話給拿起來，我只能把我的頭靠近電話旁邊聽電話裡面傳出來的聲音而已……」

　　此外我也不會用電話上面的按鍵！

　　「這樣是要如何利用電話來跟我的朋友們約碰面呢？即使我知道每個朋友的家裡面都有電話，但牠們也遇到和我同樣的情形啊！就是光靠自己是沒有辦法拿起電話的！即使拿起來了也不會用！」

　　「之前有一次我就是趁老大一家人去上班、上學的時候，想把電話給拿起來；結果我的手掌根本沒有辦法握電話……」

　　後來電話好不容易被我從話機上面撥開不久，電話就直接滾

到桌子邊緣，就差那麼一點……電話就『蹦』的掉到地上了！

呼！好險！「那次電話沒有真的摔到地上，不過接下來我也不敢再碰電話了！」

「那天後來是老大爸爸第一個回家的！他才把電話給放回話機上面！」

老大爸爸把電話放回去的時候，還用很困惑的表情看著我說：「奇怪？昨天晚上是誰最後一個講電話的？電話講完了怎麼沒有放回去充電呢？」

「呼！好險當時電話沒有直接摔到地上！如果摔壞了怎麼辦？我怎麼跟老大一家人交代呢？」真是越想越心虛！

畢竟他們一家人上次用電話的時候，電話都還好好的，不可能一出門去上班、上學回來……電話就壞了！

「我是怎麼顧家的呢？顧到連電話都變成這樣了……當下我真的是覺得好險喔！當初決定沒再碰電話是對的！」

不過看在電話這麼方便、好用的分上，我是不是應該再另外想個辦法；像是請老大媽媽偶爾幫我個忙，「因為老大爸爸對講電話這件事情比較沒有興趣！」

　　所以這件事情只能請老大媽媽幫忙……

　　「就是如果可以在出門前、或是確定何時有要去樓下散步、買東西、辦事情的時候，可以先幫我打電話問朋友牠們家，看誰也要下樓？可以先跟牠們約一約……」看牠們會經過哪裡？或是直接就約在一個定點碰面？

　　「這樣我比較可以和牠們碰得到面！」可以至少好好說個一、兩句話！

　　免得有時候真的不知道是怎麼搞得，明明大家就住得很近，但偏偏就是好一陣子都碰不上面……這時候我就會開始想：「我的朋友是不是搬家了？還是怎麼了？怎麼好久都沒有看到牠們了？我該不會是又少了一個朋友吧！」

　　「嗯！打電話事先約這個方法真的不錯！」

　　我得找個時間好好跟老大媽媽暗示看看……「說不定她可以懂我的心情！也願意幫我這個忙！實在不是因為他們一家人對我不重要……而是除了家人之外，我也希望可以有自己的朋友啊！像是可以和我一樣趴在地板上一起曬太陽的朋友啊！」

對了，對了……

「我也要跟老大講講看；看是用怎麼樣的方式？或是有什麼辦法？可以讓我知道是誰？或是何時？有人去搬、或是移動老大的睡袋？」

不然每天睡覺前，我在巡視每個房間的時候……「總會覺得老大的睡袋是不是自己長腳了？不然怎麼一下子在這個房間，一下子又在另一個房間出現呢？跑來跑去的也不跟我說一聲……」害我一下子擔心以為是怎麼了？睡袋怎麼不見了？沒想到才過了一下子……睡袋它又自己出現了！

「這個睡袋真的快把我搞瘋了！」

「嗯！就這麼辦！」明天就先跟老大講這件事！

WANTED

女主人——人類，又名『老大的媽』

男主人——人類，又名『老大的爸』

小主人——人類，又名『老大』

小主人弟弟——人類，又名『老大弟弟』

小黑——白色拉不拉多犬

第10篇
新舊魅力大不同

今天電視播的是在海裡面生活的魚！

從電視畫面上可以看到魚兒們不只在海裡面游來游去，牠們看到喜歡的貝殼還會把它拿來當作自己的家；通常都是雄魚拿貝殼回去給雌魚當作產卵、孵卵的地方用……

「整個節目就看到魚兒們在貝殼間有時優閒、有時忙碌的穿梭著……好像很快樂的樣子。」

「這讓我想到前陣子老大爸爸買的新水草！」

我記得老大爸爸將新水草放入魚缸之後沒多久，魚缸內的魚兒們似乎對新水草很好奇，一直在新水草之間游來游去、游來游去、好像游得特別起勁！

「當然接下來的那幾天，魚兒們仍在新水草之間穿梭著，但是游的速度則好像隨著日子一天、一天、一天、一天、一天的過去，從快速通過變得趨於緩和……」

好像是已經習慣、還是覺得新水草沒有什麼好玩的、特別的，所以魚兒游過去的時候已經不會顯得那麼興奮、或是覺得刺激，「有些魚兒甚至是游繞過新水草，魚缸裡面的魚兒生活似乎慢慢地又回復了往日的平靜。」

「不知道電視節目裡面的魚會不會在新貝殼裡面住了幾天之後，也開始覺得這個貝殼沒什麼特別的了，所以想再去找另一個新的貝殼來住？」

「這種想法很好玩！」

就像前幾天，老大媽媽剛給老大買雙新拖鞋的時候。（因為老大之前穿的那雙舊拖鞋變得太小了！）

當老大一回家，不只進出她自己的房間、連走出了浴室都會自己主動穿上新拖鞋，不像以前還需要老大爸媽隨時提醒說：「要穿拖鞋，地板很髒！」

「連老大放拖鞋、脫拖鞋的時候也是將拖鞋慢慢脫下，並且在脫下拖鞋的時候，自己還會主動將拖鞋擺放整齊，這邊挪挪、那邊移移的……」當然她穿新拖鞋的時候，也是和她之前穿舊拖鞋時的方法很不一樣！

「不管穿新拖鞋之前她在做什麼，她都會特意放慢她整個的速度、很謹慎的將她的雙腳慢慢穿進新的拖鞋裡面去，這和她之前可以邊跑邊穿舊拖鞋、邊脫舊拖鞋有很大的不同！」所以這是新拖鞋帶給老大的影響，只是不知道老大現在這種穿、脫新拖鞋的方法可以維持多久？

還有，當家裡有新點心的時候，「老大也總是喜歡立刻打

開新的點心來吃！」老大是說：「舊的點心也很好吃，但因為我已經知道吃起來是什麼味道了！所以現在我要先打開新的點心來吃……」

等我知道新的點心吃起來是什麼味道以後，我再來把舊的點心吃完……「或是新、舊、新、舊點心這樣交換著吃，可以同時吃吃不同的味道、換換口味！」

這是老大對於一些新東西比較不一樣的地方！

「老大媽媽則是喜歡將舊的點心全部吃完以後，再來吃新的點心！」老大媽媽的想法是：「舊的點心都已經打開了！就先把舊的全部都吃完吧！」如果這時候打開新的點心、或是一直只吃新的點心、很有可能舊的點心就會被一直放著、一直放著，然後有一天可能就會被放到過期，不能吃了……

「這樣真的很浪費食物！」

另外，我記得老大媽媽剛買做麵包的機器回來的時候，幾乎每二到三天就會親手做一次麵包！「那陣子家裡常常會有香噴噴的麵包味飄出來，連帶的我也吃了不少好吃的麵包！」

　　只是不知道從何時開始，老大媽媽親自動手做麵包的天數間隔越來越長、越來越長、越來越長，長到現在則是久久才動手做一次麵包！而且還要等老大說想吃麵包的時候，老大媽媽才會動手去做，「沒多久，她就把那台機器收到櫃子裡面去了！」

　　所以這是老大媽媽對新舊一些東西的做法！

　　我本來以為老大爸爸和老大及老大媽媽一樣都是喜歡東西的新鮮感而已，但後來仔細一想：「啊？不對！老大爸爸對新的東西反應不一樣！」

　　例如：「每當老大媽媽要老大爸爸買新的東西來用時，像是新的背包、新的夾克、外套、襪子……」有時候即使老大媽媽已經把東西買回來放在家裡面了！老大爸爸還是會先用舊的，等到舊的東西確定完全不能用的時候才換新的！

　　「老大爸爸不會急著、想趕快立刻就換新的……」他的理由是「舊的東西還好好的，還可以用啊！等到舊的不能用的時候再用新的也不遲啊！」

　　「所以這是新東西對老大爸爸的影響！」

　　至於我的話……「我是不需要用到任何新東西啦！我只要有

吃的、有我的床、我的衣服、我的小被子、我就很滿足啦！」因為天冷的時候，我不用睡在冰冰冷冷的地板上；而衣服和小被子則可以讓我隨時保持溫暖……這樣我就覺得很棒啦！

「畢竟有太多的狗狗在天冷的時候根本沒有衣服可以穿、也沒有比較暖和的地方可以睡……」至於我的腳比較不怕冷，「所以我是比較用不到鞋子或是襪子啦！」

至於天氣熱的話……

「我就直接睡在地板上、不穿衣服嚕！」

「所以如果有新東西的話，對我而言應該都還好吧！」新東西對我來說應該不會對我目前的生活造成任何和以往不同的影響，「對我影響最大的應該還是食物吧！呵呵……」

「啊……不對！不對！之前客廳那把旋轉椅剛到老大家的時候，我也是每天一有空、一想到的時候就去給它轉一下、即使每次只是轉個兩、三圈我也高興！」

「嗯！我只知道這把旋轉椅是老大爸爸的朋友送的！」

「好像是因為那個朋友要搬家了……而他的新家沒有足夠地方可以放這把旋轉椅！」所以老大爸爸才把它搬回來，放在家裡的客廳。

「老大一家人對那把旋轉椅的態度就像它是一把再普通不過的椅子罷了……」平常椅子上面放的也都是老大乾淨的襪子而已！

所以說穿了……

「那把旋轉椅的功用對老大一家人來說只是讓老大可以快點出門……因為出門前老大可以快速的從旋轉椅上拿雙乾淨的新襪子穿上而已！」

「即使是旋轉椅剛到老大家的時候也是如此！」老大只有在睡覺前、或是無聊的時候才會坐在椅子上面轉個一、兩圈！「但也頂多只是轉個一、兩圈而已就停下來了！」更不用說老大爸媽會特意的跑去坐那張椅子了……「老大全家人沒有一個人會像我一樣，喜歡坐那把旋轉椅坐到頭暈為止！」

我記得那陣子，我都趁著老大一家人出門以後，把旋轉椅當成我玩樂的第一站；「立刻、幾乎同時間，等不及他們一家人出門、把門帶上，聽他們鎖好門之後……我就開始用我的頭去轉那把旋轉椅……」

因為旋轉椅可以轉一整個圓圈都不會被卡住，「所以我可以用我的頭盡量的去轉它、轉它、轉它、轉它、它則會被我越轉越快、越轉越快……但是其實它的速度是要快、要慢都可以，隨我

頭的速度控制,真的很好玩!不騙你!」

「可是也就只有那陣子我會想要一直不停、不停、不停的去轉那把旋轉椅……」基本上我就只是想要讓它轉個不停而已!最好是快到連椅子上的襪子全部飛出去……那就更好玩了!

「反正玩到最後面,我還是會把掉在地上的襪子一雙雙地再咬放回旋轉椅上面,好像椅子上面的每一雙襪子都未曾因為我玩旋轉椅的關係而掉落到地面上過似的……」

愛是無形的

也只有那陣子我會這樣很頻繁的去玩那把旋轉椅！

「像現在，我即使很無聊的時候，我也不會特別想去轉那把旋轉椅了！」

旋轉椅的本身並沒有什麼改變，但我頂多只會從它的身邊緩慢、輕輕的走過去而已……「有時候我的身體甚至不會碰到它，所以更別說是故意讓那把椅子轉動了！」

另外……「我想到老大媽媽有個很例外的情況！」

像是老大媽媽很常用的那條絲巾……「那是老大外婆很久以前送給老大媽媽的禮物，也不記得送多久了？老大媽媽用幾次了？」很有可能是因為它很好搭配、也有可能是因為是老大外婆送的……所以老大媽媽常常在用它！

「有時候天氣只是涼一些、老大媽媽要下樓買個東西而已……也會綁著它！」看樣子，老大媽媽對那條絲巾的喜愛，肯定比對那台麵包機器的喜愛多出了很多！

「咦？等會……等會……嘻嘻！這樣想想，老大一家人真

的算是有喜歡我耶！」想想看……「老大一家人對新東西、舊東西的喜歡程度不一樣、想法也不一樣；但是我在老大家也算滿久了，他們對我的態度還是和我小時候一樣，沒有多大的改變耶……嘻嘻！」太棒了！

　　這樣講起來的話，「他們一家人真的是愛我啦！萬歲！萬歲！」

後記 |《突破》
做個勇於突破自我的人

我想生活一直是處在平順、順遂的人應該比較不會想到「突破」這兩個字；更不要說是會想要改變自身的環境、自身的情況，或是想到這兩個字背後所隱藏的涵意，及之前可能遇到哪些、或是多大的衝擊與挫折了！

「突破」的起因很多，有可能在於面對職場環境的挑戰、或是遇到年齡的關卡、本身個性的限制……等這些因素。如果撐過去、熬過去了，就叫做「突破你自己」。但是人從遇到挫折開始，中間的選擇是繼續面對？或是離開放棄？一直到看到後面的結果。這一連串的過程，如果成功突破限制的話，人可能會釋懷、放下、感謝、包容、同情、原諒。但這些情緒可能只是在那

個階段出現而已，階段過去了就過去了，畢竟大多數的事情都不會跟著你一輩子。

當然！從另外一個角度來看，人如果什麼事情都可以選擇的話，相信沒有人會選擇不好走、或是難走的路。所以說到最後，愛情可以選、學校可以選、工作可以選、婚姻可以選、唯獨你的原生家庭不能選……

因為那是你的出處、你來自的地方！它會跟著你一輩子！

所以人若真能成功突破原生家庭的緊箍，我想那又是另外一回事了！

你為你自己做過什麼？你為你自己努力過什麼？你為你自己改變了多少？你有多努力去為你自己改變現況？不管是為你的家庭、家人、婚姻、愛情、工作……你到底為你自己努力過什麼？

所以話說回來，人有可能可以突破你的原生家庭嗎？

幾年前認識的這位朋友陳女士是我對能夠成功突破原生家庭中感到最佩服的一位。因為陳女士從小到大，能夠靠自己不斷的努力，一直到現在去擁有一個愛的家庭、美滿的家庭；有先生、有孩子、到物質生活的滿足……她的每個決定、每個決定後面所

需要的勇氣及毅力顯得格外珍貴；像是突破原生家庭給她的禁錮、突破外在環境的限制、勇於追求自己想要的人生……而且是有愛的人生！

陳女士來自台灣東部一個小地方，家裡有三個哥哥，她是老么。母親是傳統婦女，不識字、重男輕女；陳女士對父親唯一的印象就是一張父親坐著抱著她的照片。

當年她父親因病過世的時候她才1歲！大哥12歲、二哥11歲、三哥7歲；母親靠著做手工、幫別人帶孩子把他們帶大……所以從小到大，她都是撿三哥的東西來用、來穿，包括學校制服也是！所以她的衣服永遠明顯看的出來都是不合身的！也因此小時候的她常常被鄰居們笑，鄰居的孩子們也都不太跟她玩，說她沒有爸爸、是個野孩子！

她國二那年，大哥開始學壞、進出監獄。兩位警官還透過學校的輔導室找上她，並且留名片給她，告訴她如果發現大哥有任何異樣的地方，請她主動跟警察聯絡！

她後來將警官的名片丟掉，只是為了不想讓母親再更傷心、更難過，因為她小時候最害怕的事情之一就是家裡客廳擠滿了十

幾個配槍的警察，要搜她的家、要把她的家人帶走！

還有，母親當時因為生活的壓力、哥哥的學壞，早就預錄了錄音帶放在家裡客廳的櫃子裡，內容大致是說母親想要離開家。那時候她從學校教室窗戶的位置正好可以遠眺她們家的門，所以上課的時候，她常常看著她們家的門，就怕母親隨時會離家出走，以後再也不回來了！

後來，母親為了改善家計又在鄰居友人的慫恿下玩了六合彩，竟然賠了200多萬元！那時候母親就開始想要尋短了……所以這一切都是陳女士為何從小到大都很沒有安全感的原因：除了對父親早死、生離死別的恐懼外，她在結婚之前最害怕的事情就是失去母親。

後來不幸地，二哥也開始學壞了！這讓母親更傷心！

這期間大嫂因為車禍驟逝，留下一個3歲的姪子，而大哥又陸陸續續的進出監獄數次，所以這個姪子幾乎可以說是她一手帶大的！而且一帶就是帶到國中畢業！

她高中畢業的時候，同學們都很高興要畢業了！但是她卻很難過！因為她知道自己肩膀上的擔子更重了……

　　陳女士第一次離家上台北找工作時暫住同學家。當時她離開老家純粹是為了多賺點錢。所以那一天當她騎著腳踏車經過媽媽上班的工廠時，準備離開老家到台北去的時候她難過地流著眼淚，因為她實在是捨不得離開媽媽，離開她的家呀！

　　後來因為台北沒有地方可以住，所以變成台北、老家當天來回跑；這期間她對家裡出錢、出力，自己身上總是剩些零頭作為基本開銷。後來她因為職業傷害（**長時間扛20多公斤的監視器導致背部受傷**）加上在家裡的角色總是付出、不斷的付出、永無止盡的付出、理所當然的付出……卻沒有得到母親任何的關愛，所以她決定再次離家！

　　這次離家有部分原因也是因為工作上認識的這個男生英文很好！為了療情傷、為了增進英文能力、也為了消去心中對家庭那份長久一直付出、卻得不到相同回報的情緒……她選擇去紐西蘭自助打工；但因為語言的限制她也待不久，後來在同學的介紹下在大陸找到一份工作。

　　而這份工作可以說是她人生的轉淚點！

　　因為這份工作不僅讓她覺得自己終於能發揮所長、樂於工

作，也終於讓她找到了所謂的真命天子，就是她現在的先生！

對陳女士而言，從小到大，不只是精神、物質生活的缺乏、心裡的缺乏……甚至一直到了今天，原生家庭的來電一定都是有事！而且絕對不是好事！所以「突破」對她而言，不只是突破母親從小灌輸她的想法，如：不是只有看到生活上失敗的、負面的、沒有的、缺乏的那一面、心理的埋怨……更是要離開她所處的環境、身旁的人事物。

陳女士說現在回頭看她第一次離開家裡去台北工作那次，其實就是突破自己情感上不再依賴母親。所以人要勇敢，去面對、去處理、不逃避；要勇敢地去改變、不要害怕改變，還要有足夠的韌性！

第二次離家去紐西蘭那次，則是突破自己對原生家庭被疼愛、被關愛的那種憧憬與期待，開始試著為自己而想、為自己而活。

第三次離開家裡去大陸的決定則是開始創造自己的人生！

所以一直到了今天，陳女士可以很大聲、很自信的說：「人生是靠我自己追求來的！不是從天上掉下來的！也不是我父母親

給我的！我完全從零開始，到今天可以有自己的房子、享受物質的滿足、感受愛人與被愛、有安定又平靜的生活……」。

陳女士也說：「人生其實是一個很大的激勵！要有想法，去想自己要什麼？不要什麼？去努力！人才能獲得自己想要的！即使你來自的環境、你的原生家庭是多麼的負面與不足，你也不要輕易地就放棄你自己！因為人生是你自己的！不是別人的！」

我問陳女士到了這個年紀、這個階段、還覺得自己有不勇敢、軟弱怯懦的時候嗎？

陳女士只回答我：「我有勇氣往前看，但過去就不回頭看了……」此外她也說要「多認識正面的朋友、正面的團體、正面的力量！」

像她很推薦的一個力量，一個星期天早上的電視節目，主講人是個美國人，名字叫「約爾‧奧斯汀」。她會看到這個節目是在一個很偶然的情況下，但這個節目可以說是她生活的力量，生命的轉淚點。因為這個節目讓她更懂得愛自己、愛家人、愛孩子……「而人只有在感受到被愛的時候，人才有能力、才有力量去愛人、而且你會更懂得什麼叫做愛！」

所以我認為陳女士是成功突破原生家庭的代表一點也不為過，而且她當之無愧！

　　最後想問各位：「你喜歡現在的你嗎？你喜歡這個樣子的你嗎？被周圍環境人事物緊緊包圍的你……」。希望你的答案是正面肯定的！也希望你能活在更有愛的關係裡！

WANTED

女主人──人類，又名『老大的媽』

男主人──人類，又名『老大的爸』

小黑──白色拉不拉多犬

小主人──人類，又名『老大』

小主人弟弟──人類，又名『老大弟弟』

讀後感｜小黑三部曲

曾建中（前亞昕科技股份有限公司總經理）

《小黑，你一定可以的！》

　　個人的生命過程中，充滿了各式各樣的驚喜、困惑、或是挑戰，尤其是對未來不可知的事實及無奈，恐懼的感受便很自然的侵襲上身。

　　當人處於恐懼的身心狀態下，如果沒有得到適當的處理及舒導，身體內在無形的壓力會慢慢的累積，造成身心的傷害，有可能導至於精神的崩潰。如果造成了這樣不幸的結果，這就是我們最想避免的一種危機。

　　書中的小黑好不容易進入了老大的家庭，有了物質上的照

顧，往好處說，小黑得到了最起碼的生存條件。如果小黑預期未來就是一片平順的坦然大道，那就是小黑最大的危險了。

其實現實的生活中，處處充滿了對小黑未來的挑戰及危機。

還好小黑是隻有頭腦，有思想的狗，為了鞏固及強化牠在老大家的價值及地位，面對各種困境及危機時，小黑沒有選擇逃避，相反的，小黑是選擇勇敢的面對，尋求適當的解決策略。用現在管理學上的一個說法：小黑渾身具備了「危機處理」的實務經驗，從而巧妙地化解了危機。

謝謝家賓的引介，讓我有機會認識了小黑，進一步的，從小黑身上我學到了「小黑精神」就是面對、接受、處理、放下。

小黑精神與我同在！

國家圖書館出版品預行編目（CIP）資料

小黑四部曲之踏出你的第一步，小黑！／馮家賓作．
-- 初版 .-- 臺北市：時兆，2016.11
　　　面；　　公分
　　　ISBN 978-986-6314-67-4（平裝）

859.6　　　　　　　　　105018699

小黑四部曲
踏出你的第一步，
小黑！

作　　者	馮家賓
董 事 長	李在龍
發 行 人	周英弼
出 版 者	時兆出版社
客服專線	0800-777-798（限台灣地區）
電　　話	886-2-27726420
傳　　真	886-2-27401448
地　　址	台灣台北市105松山區八德路2段410巷5弄1號2樓
官　　網	http://www.stpa.org
電　　郵	stpa@ms22.hinet.net
封面設計	時兆設計中心、林俊良、馮華佑（Daniel Feng）
美術編輯	時兆設計中心、林俊良
法律顧問	宏鑑法律事務所　電話：886-2-27150270
商業書店	總經銷　聯合發行股份有限公司 TEL.886-2-29178022
基督教書房	基石音樂有限公司　TEL.886-2-29625951
網路商店	http://www.pcstore.com.tw/stpa
電子書店	http://www.pubu.com.tw/store/12072
I S B N	978-986-6314-67-4
定　　價	新台幣180元
出版日期	2016年11月　初版1刷

時兆讀友回函

謝謝您購買時兆的出版品，希望您看了很滿意。也請費心填寫此回函卡，讓我們可依此提升服務品質，我們並將不定期寄上最新出版訊息，以饗讀者。

您購買的書名：＿＿＿＿＿＿＿＿＿＿＿＿＿＿＿

姓名：＿＿＿＿＿＿＿＿＿＿＿ 性別：□男 □女

生日：＿＿＿年＿＿＿月＿＿＿日

地址：□□□＿＿＿＿＿＿＿＿＿＿＿＿＿＿＿＿＿＿

聯絡電話：＿＿＿＿＿＿＿＿＿＿ 傳真：＿＿＿＿＿＿＿＿＿＿

若您願意收到時兆不定期的新書資訊或優惠活動，請留下您的E-mail：

＿＿＿＿＿＿＿＿＿＿＿＿＿＿＿＿＿＿＿＿＿＿＿＿＿＿

學歷：□高中及高中以下 □專科及大學 □研究所以上
職業：□學生　□軍公教 □服務 □金融 □製造 □資訊 □傳播
　　　□自由業 □農漁牧 □家管 □退休 □其他

您覺得本書價格：□偏低 □合理 □偏高

您對本書的整體評價：（請填代號 **1**非常滿意 **2**滿意 **3**普通 **4**不滿意 **5**非常不滿意）
書名＿＿＿　內容＿＿＿　封面設計＿＿＿＿　版面編排＿＿＿＿紙張質感＿＿＿＿＿＿＿＿

您從何處得知本書消息？
□教會 □文字佈道士 □書店（店名：　　　　　　　）□親友推薦
□網站（站名：　　　　　　　　）□雜誌（名稱：　　　　　　）
□報紙 □廣播 □電視 □其他：

您通常透過何種方式購書？
□教會　　　□文字佈道士　　□逛書店　　　□網站訂購　　　□郵局劃撥
□電話訂購　□傳真訂購　　　□團體訂購　　□其他：

您喜歡閱讀哪些類別的書籍？
□宗教：　　□靈修生活 □見證傳記 □讀經研經 □慕道初信 □神學教義
□醫學保健 □心靈勵志 □文學　　□歷史傳記 □社會人文
□自然科學 □休閒旅遊 □科幻冒險 □理財投資 □行銷企劃
□其他：

對我們的建議：

＿＿＿＿＿＿＿＿＿＿＿＿＿＿＿＿＿＿＿＿＿＿＿＿＿＿

＿＿＿＿＿＿＿＿＿＿＿＿＿＿＿＿＿＿＿＿＿＿＿＿＿＿

＿＿＿＿＿＿＿＿＿＿＿＿＿＿＿＿＿＿＿＿＿＿＿＿＿＿

＊請放大影印傳真至本社，傳真熱線：（02）2740-1448
＊請上時兆臉書www.facebook.com/stpa1905 按「讚」參加最新活動，即有機會獲得好禮！

請沿虛線對摺，謝謝！

小黑四部曲

踏出你的第一步，

小黑！